KB108507

유미분식

초판 1쇄 발행 | 2024년 5월 13일

지은이 | 김재희
펴낸이 | 박영욱
펴낸곳 | 북오션

주   소 | 서울시 마포구 월드컵로 14길 62 북오션빌딩
이메일 | bookocean@naver.com
네이버포스트 | post.naver.com/bookocean
페이스북 | facebook.com/bookocean.book
인스타그램 | instagram.com/bookocean777
유튜브 | 쏠쏠TV · 쏠쏠라이프TV
전   화 | 편집문의: 02-325-9172   영업문의: 02-322-6709
팩   스 | 02-3143-3964

출판신고번호 | 제 2007-000197호

ISBN 978-89-6799-816-5 (03810)

유미
분식

김재희 지음

Bookocean

유미분식

·차 례·

〈초대장〉

당신을 유미분식에 초대합니다. 유미분식을 기억하시는지요? 저는 유미분식 김경자 사장님의 딸 황유미입니다. 10년 만에 편지를 드린 이유는 저희 어머니가 돌아가셨다는 소식을 전해드리기 위해서입니다. 어머니가 돌아가시면서 남기신 유언은, 그동안 잊히지 않는 고마운 유미분식 손님들에게 음식을 대접하고 어머니가 남긴 것을 전해드리라는 말씀이었습니다.

주변 상인들에게 어렵사리 수소문해 이사 가신 주소로 편지를 드렸습니다. 연락 주시면 시간과 장소를 알려드리겠습니다. 그럼 아래에 적힌 휴대전화 번호로 꼭 연락주시길 바라겠습니다.

010-XXXX-XXXX

01

그 남자의 러브레터가 담긴 김밥

이연경은 초대장을 받고 놀랐다. 10년 전 유미분식이라니. 연경이 은행원으로 일하고 있을 때 종종 김밥 한 줄을 사서 먹던 가게였다.

세상에나.

연경은 빨래를 개던 손을 멈추고 편지를 한참이나 읽었다. 최근에 보이스피싱이 많다던데 그런 것일까 싶었다.

10년 전의 분식집을 떠올렸다.

샤이니의 'Stand By Me'가 흘러나오던 분식집은 고등학생뿐만 아니라 20대나 중년 손님도 많았다. 분식집은 나무로 만든 미닫이문에 체크무늬 커튼이 달려 있고, 가게 안에는 60년대의 교실을 연상시키는 나무 의자와 책상들이 있었다. 식기는 초록색 플라스틱으로 무척이나 익숙한 그릇들이었다. 물과 김치와 단무지, 어묵탕 국물은 셀프로 가져다 먹을 수 있게 해놓았다.

파스텔톤의 아기자기한 소품들과 다육이 미니 화분들 사이사이 유치원 소풍에서 노는 여자아이나 태권도복을 입은 여자아이 사진 액자가 놓여 있었다. 모두 같은 아이로 보였다. 아마 분식점 사장님 딸이었던 걸로 기억했다.

그리고 메뉴판에는 떡볶이, 돈가스, 김밥, 소불고기덮밥, 튀김, 어묵 등 메뉴가 많았는데 단종된 메뉴는 단풍잎을 붙여서 가렸다.

유미분식 사장님은 50대 정도로 보였는데, 통통한 체형에 두툼한 손으로 늘 무언가를 만들고 계셨다. 알바를 하는 청년도 가끔 있었고 가끔은 사장님 딸이 음식을 가져다주곤 했다. 연경은 유미 김밥 한 줄을 사서 은행 휴게실에서 먹으며 일에 열중했다.

사장님 이름이 김경자였나? 경자 사장님이나 "유미 사장님" 혹은 "유미 언니야" 등으로 손님들이 부르곤 했는데, 사장님의 둥그런 눈과 올라간 입꼬리, 밝은 느낌의 입술은 언제나 정감 있어 보였다. 머리는 쫑긋하게 뒤로 묶어서 올리듯 하셨는데, 종종 머리에 수건을 써서 감추곤 했다.

연경은 은행 업무에 바빠서 점심을 놓치고 오후에 김밥을 사러 가곤 했다. 분식집 들어가기 전 창문을 통해 안을 보면 가게 안에선 박효신의 '눈의 꽃'이 흘러나오고, 사장님은 테이블에 앉아서

8

가게 밖을 망연히 바라보셨다. 분식집 한쪽 벽에 있는 작은 TV에서는 '1박 2일' 재방송이 나오고, 화면에는 김종민, 차태현 등 연예인이 보였다.

"사장님, 유미김밥이요."

연경이 그 분위기를 깨고 싶지 않아 망설이다 가게 문을 열고 말하면, 사장님은 그제야 일어나 활짝 웃으면서 그 두툼한 손으로 김을 감발 위에 올리고 고슬한 밥을 누르고 햄, 맛살, 우엉, 유부, 단무지를 올리고 말했다.

"요 앞 은행 근무하죠?"

"네, 사장님. 아셨어요?"

"그럼요, 은행 가서 몇 번 봤는데. 다른 지점 있다 온 거예요?"

"네, 광진구 있다가 왔어요."

"그렇구나. 담번에는 청양고추 두엇 넣고 싸줄게요. 그럼 칼칼한 맛도 좀 있고 개운해요."

"고맙습니다."

연경은 김밥을 받아 1500원을 내고 가게를 나왔다.

가끔 이렇게 저렴하게, 이렇게 맛있는 음식을 사가는 게 미안할 정도였다. 유미분식에서 가장 비싼 소불고기덮밥을 먹고 싶지만 먹을 시간이 없었다. 시제를 마치고 퇴근하려면 점심도 쪼개서 일하는 게 나았다. 자투리 시간에 고객에게 문자를 보내 적금을 독려하거나 대출 이자를 안내하기도 하고, 종종 직접 전화를 걸어 안부

인사를 했다. 아니면 데스크로 오는 노인 고객들을 친절하게 상담하거나, 카드나 적금이나 보험 상품을 안내하는 게 주된 일이었다.

다른 회사에 비하면 적지 않은 월급이지만 연경에게는 손에 남는 게 없다. 연경은 K 장녀라고 부르는 삶을 살았으니까. 동생 두 명의 학비에, 집안 생활비를 연경의 월급으로 충당해야 했다. 아버지는 일찍 돌아가시고 어머니가 힘겹게 사시기에 어쩔 수 없었다.

연경은 연애를 두 번 해봤다. 은행 다니는 직장 동료의 소개로 스물둘에 첫 연애를 해보았다. 그리고 스물일곱에 친구 남편 소개로 대기업 다니는 남자를 만났다. 남자는 결혼도 생각했지만, 남자의 어머니가 반대했다. 연경이 대학을 안 나오고, 친정 가족들을 돌봐야 하는 게 걸린다고 이별 후 뒤늦게 원인을 전해 들었다. 연경은 그때 기분도 엄청 나빴고 화도 났지만 더는 연애는 없다는 심정으로 직장 일에 매달렸고, 간간이 취미를 배우면서 살았다.

이제 어느덧 서른이 넘었다. 은행 일은 갈수록 힘이 들었다. 월요일마다 동전을 자루째 들고 오는 분도 계셨다. 동전 세는 기계가 고장이 나면 연경이 직접 일일이 세기도 했다. 보이스피싱 범죄도 있어 어르신들이 목돈을 찾으러 오시면 재차 확인해야 했다.

연경은 세 번째 연애의 그 남자를 떠올렸다. 그날은 무척 바쁜 날이었다.

적금을 갱신하러 온 고객에게 카드 발급이나 다른 적금 신청을 권했지만 고객의 거절로 약간 힘이 빠지던 참이었다. 매일 술을 드시고 은행에 와서 꾸벅 졸고 가시던 할아버지가 연경의 창구로 와서 앉았다.

"은행원 아가씨, 나 이 통장으로 돈 좀 찾아줘."

연경은 할아버지가 내놓는 통장을 살폈다. 도장이 통장 주머니에 같이 들어있고 할아버지가 내미는 신분증과 같은 이름이었다. 통장이 낡아보였다. 잔액은 1천만 원 넘게 들어 있었다.

"어르신, 이 통장 집 안에 보관하시던 거예요?"

"응응 그래. 내가 예전에 만들어뒀는데 장롱 안에 이게 딱 있지 뭐야."

연경은 이럴 경우 난처했다. 보통 가족이 숨겨둔 통장을 가져와 돈을 찾으면 나중에 가족들이 찾아와 항의한 적도 있다는 것을 떠올렸다.

"아니, 마누라가 내가 그렇게 돈을 달래도 모른 척하고 있더만 내 참, 서러워서."

"어르신, 할머니나 자녀분들이 같이 오시면 안 되세요?"

"아니, 그러지 말구 돈 좀 찾아줘. 그거 내 이름으로 돼 있잖아."

"그래도요. 그럼 얼마나 찾아드릴까요?"

"글쎄…."

이때 뒤에서 듣고 있던 지점장이 다가와 연경에게 비키라 하고 창구에 앉았다.

"어르신, 술 자시게 한 십만 원 드릴까요?"

"어허 뭔 소리야? 가오 빠지게. 돈 백, 아니 돈 삼백 찾아줘."

지점장이 고개를 돌려 연경을 돌아보고 한숨을 쉬었다.

"어르신. 안 되죠, 그렇게는. 이런 상황에 뒤에 가족분들이 찾아와 은행에 항의한 적이 있었습니다. 따님이나 사모님하고 같이 오셔야 됩니다."

얼굴에 노기를 띤 할아버지가 소리를 질렀다.

"뭔 소리야, 시방! 내 돈 가지고 말이야! 내 통장에 든 것을 내가 신분증도 가져왔는데 못 주겠다? 이게 말이 돼?"

연경은 미안한 얼굴로 고개를 숙였지만, 지점장은 통장을 돌려주면서 거세게 말했다.

"당장 사모님 모시고 오세요. 자, 그럼 창구에 다음 고객님 모시세요."

지점장은 연경을 앉히고 뒷자리로 물러났다. 할아버지는 소리를 몇 번 지르다가 은행 문을 벌컥 열고 나갔다.

은행이 시장통에 있다 보니 은행을 찾는 고객도 많고 별의별 일들도 다 있었다. 한번은 이불가게를 하던 비혼의 사장이 연하의 남자를 잘못 만나서 가게 보증금과 적금까지 탈탈 털리고 이 동네를 떠났다. 연경은 그 여사장이 적금을 깨러 오던 날을 기억한다. 평소 화장기 없이 수수한 차림새로 적금을 들러 오던 그녀가 그날은 엄청나게 화려한 옷과 화장으로 오랜만에 찾았다. 그녀는 3억 원 신탁을 찾으면서 해맑게 웃었다.

"나 결혼할 것 같아요, 계장님."

연경의 담당고객이라 카페에서 차도 마신 적이 있었다.

"어머, 축하드려요."

"저기 의자에 앉은 사람이 바로 그 사람."

더블 버튼 재킷에 하얀 셔츠의 단추를 두세 개 풀어헤친 남자가 머리를 쓸어올리면서 이불가게 사장에게 손을 들어 보였다. 그는 아까 전부터 은행에 와서 어깨를 으쓱하면서 이리저리 은행을 두리번거리고 있었던 40대 남자였다.

연경은 뭔가 이상했지만 그녀의 신탁을 해지하고 원하는 돈을 이자와 함께 찾아주었다. 그 후로 그녀가 결혼을 빙자한 사기를 당해 전 재산을 날렸다는 소문만 돌았다.

하여간 무슨 일이 생길 수 있으니 매사 조심하는 건 당연했다. 연경은 할아버지에게 미안했지만 여러 상황을 고려해봐서 가족이 함께 왔을 때만 돈을 찾아주는 게 맞다는 생각도 들었다.

연경은 벨을 눌렀다.

"다음 고객님."

띵동, 벨이 울리자마자 연경의 앞으로 남자가 다가와 앉았다.

"한 대리님, 안녕하세요."

그는 중소기업에서 은행 대출 업무를 전담하는 재무과 대리로, 이름은 한현석이었다.

"대출 연장 안내 서류 받으러 왔습니다."

"네. 여기 있습니다, 대리님. 대출 연장은 대표님이 직접 인감 들고 오셔야 해요."

"그럼 연장 신청서 써놓은 것은 일단 가지고 계셔주세요."

한현석 대리는 정중하게 부탁했다.

"네, 알겠습니다. 날짜를 적으셨으니 오늘 중에…."

"걱정 마세요."

한 대리는 그날 오후에 다시 온다고 하고 웃으며 자리에서 일어났다.

연경은 잠시 물을 마시고 다시 쉴 틈 없이 업무를 시작했다.

점심시간엔 유미분식에서 김밥 한 줄 사와서 입에 넣고 고객들 서류를 검토했다. 한 대리의 서류에 적힌 글자를 보았다. 반듯하고 정갈하게 쓰인 글자가 돋보였다.

오후에 다시 업무를 시작하는데, 오전에 돌려보낸 할아버지가 덩치가 큰 30대 여자와 들어와 대뜸 순서가 아닌데도 연경의 창구 앞에 앉았다.

여자가 거칠게 데스크를 치면서 말했다.

"야, 너야? 우리 아빠가 돈 찾으러 왔는데 무안 주고 뭐? 술값이나 준다고 헛소리 지껄인 게!"

연경은 놀란 눈으로 뒤를 보았다. 지점장이 슬그머니 화장실로 들어가는 게 보였다.

"죄, 죄송합니다. 저희가 여러 사정이 있는 고객님들을 만나다

보니까….."

"아, 됐고. 어서 아빠 돈 300만 원 내놔! 어서! 왜 통장 본인인 것도 확인하고, 신분증도 있는데 돈을 왜 안 줘! 엉? 정말 본점에 전화해서 여기 직원 자르라고 할까? 어서 내놓으라고!"

"여기 찾으시는 계좌와 성명을 출금표에 쓰시고 도장을 찍으시고…."

"야. 지금 장난해? 어서 내놓으라니까!"

"여기다가 적으셔야 됩니다."

"거참. 아빠, 내가 대신 적을게요."

여자는 대신 적고 도장을 받아서 연경의 얼굴에 던졌다.

연경은 꾹 참으면서 출금표를 확인하고 통장과 함께 뒤에 앉은 상사에게 건네고 결재를 받아서 돈을 꺼내주었다.

300만 원을 1만 원짜리 다발로 건네는데, 여자가 그 돈다발을 들어서 연경의 얼굴에 던졌다.

"야, 내 눈앞에서 계수기로 정확하게 다시 세. 누굴 핫바지로 아나? 이게 그냥 확!"

여자가 일어나 연경의 머리카락을 잡아당기고 얼굴에 주먹을 날리려는데, 누군가 그 팔을 확 잡았다.

"그만 좀 하시죠."

한 대리였다. 그는 여자의 팔을 꽉 잡고 달랬다.

"이렇게 마구잡이로 나오시면 안 되죠."

청원 경찰이 다가오자 여자는 돈다발을 들고 할아버지와 밖으로 나갔다.

연경은 속이 상했고 머리카락은 산발이 되어 있었다. 한 대리는 종이컵에 물을 담아와 건넸다.

"진정하세요."

그제야 지점장이 다가와 연경에게 오늘은 쉬어도 좋다고 했다. 연경은 한 대리에게 고맙다고 하고는 대출 업무를 다른 직원에게 인계하고 퇴근했다. 그날 밤잠을 이루지 못했다. 고객들 중에 이렇게 사람 속을 뒤집어놓는 사람 때문에 은행을 관둔 직원도 적지 않았다.

다음날 은행에 출근하니 아침부터 한 할머니가 어쩔 줄 몰라 하며 연경의 창구로 달려와 사정을 했다.

"아, 아니, 우리 양반이 딸하고 같이 와서 돈 찾아갔죠? 어, 어떻게 해요. 그거 모아둔 생활비인데 나한테 말하지도 않고 찾아가서…. 그 양반은 술 마시고 거의 다 딸이 가져가 집에 들어오지도 않아요. 어이구, 어떻게 해요. 은행 아가씨, 내 돈, 내 돈… 어…, 어떻게 해요. 어흑흑…."

연경은 정말 힘이 빠지는 오전이었다.

그날 유미분식에 들러 김밥 한 줄을 앞에 두고 눈물을 흘리고 있는데, 누군가 다가와 손수건을 건넸다.

"힘내요. 힘들어도 다들 일하잖아요."

연경이 고개를 들어 보니 한 대리가 그녀를 따뜻한 시선으로 보고 있었다. 어느 순간부터 연경은 한 대리를 현석 씨라고 부르게 되었다.

유미분식 초대장에서 떠오른 추억은 그렇게 10년 전 그와 만났던 날들로 이어졌다.

아침부터 연경은 망설이다가 10년 전 기억 속의 유미분식을 가기 위해 길을 나섰다. 전철을 두 번 갈아타고 나서 역을 나와 천천히 걸었다. 백화점, 마트, 스타벅스 같은 큰 건물은 그대로였다. 그녀는 천천히 기억을 더듬어 골목을 거닐면서 저만치 분식집 간판을 찾아냈다. 드디어 유미분식에 도착한 것이다.

하얀 바탕에 분홍으로 적힌 '유미분식' 간판은 변함이 없었다. 나무로 만든 미닫이문도 그대로였고, 커튼은 분홍 꽃무늬로 바뀌어 있었다. 연경은 떨리는 손으로 문을 열었다. 타임머신을 타고 10년 전으로 돌아가는 기분이었다.

한 여성이 연경을 보고 놀랐다.

"앗, 혹시 은행 다니시던 이연경 님이세요?"

연경은 분식집 안에 들어서면서 안을 둘러보았다. 김밥 가격만 달라졌을 뿐 여전히 아기자기한 인테리어는 그대로였다.

"네, 맞아요. 초대장을 받아서 왔어요."

연경은 초대장을 여자에게 건넸다.

"잘 오셨어요. 제가 유미분식 김경자 사장님의 딸 황유미입니다."

유미는 반갑게 연경의 손을 잡았다.

유미는 은행원 연경의 10년 전 모습을 떠올렸다. 지금과 무척 달랐다. 검은 생머리가 돋보이고 유니폼을 단정하게 입고 갸름한 턱에 가는 눈썹, 긴 눈매가 온유해 보이는 인상이었다. 차분하게 김밥을 주문해 조용히 먹거나 거의 들고 가거나 했는데, 연경의 손가락은 무척 하얗고 가늘고 길어서 섬세해 보였다.

연경이 살짝 떨리는 손가락으로 김밥을 받고 돈을 건넬 때면, 유미는 영화에 나오는 청순한 주인공 같다고 생각했다. 지금은 그때보다 밝은 얼굴에 살도 조금 붙어 있고, 낙천적이고 생기발랄한 분위기가 엿보였다.

10년 전 유미가 고등학교 2학년 때는 엄마와 종종 싸우곤 했었다. 유미분식에 나와 일 돕지 말라는 말에 유미는 반발했다. 내심 요리와 조리학과에 관심이 있었는데, 엄마는 무조건 힘들고 폼 안나는 궂은일 하지 말고 유미가 공부해서 선생님이 되기를 바랐다. 간호사나 재활치료사 같은 전문직종을 권하기도 했다.

유미는 가게에 나오지 말라는 엄마와 싸운 어느 날 쇼핑몰 푸드코트에 가서 고기덮밥을 주문했다. 푸드코트에는 틴탑의 '긴 생머리 그녀'가 경쾌하게 나왔다. 유미는 음식을 받아서 구석에 앉아서 먹는데, 고기를 고추냉이에 찍어 먹다 그만 사레가 들려 콜록콜록 기침했다. 유미가 일어나 음수대로 가려는데 누군가 티슈와 물을 떠다 주었다.

"콜록콜록, 감사합니다."

고개를 들어보니 쇼핑몰 햄버거 가게에서 알바를 하는 남자였다. 유미와 비슷한 나이처럼 보였다. 그도 유미처럼 혼자 라면을 먹다 물 마시러 가면서 마주친 거였다.

"필요할 거 같아서."

"고마워요, 그런데 혹시 저…."

"나 옆 반 도민우. 나 알지?"

"아, 맞다. 고마워. 여기서 알바하는 거야?"

"응, 꽤 됐어."

유미는 그날 이후 종종 쇼핑몰 햄버거 가게에 가서 도민우와 이야기를 나누었다. 도민우가 점장에게 부탁받아서 알바를 급하게 찾으면 주말에 나가 같이 일했다. 유미는 엄마에게 분식집 나오는 대신 독서실 간다고 하고는 쇼핑몰에 가서 도민우와 함께 영화도 보고 윈도 쇼핑도 하면서 시간을 보냈다.

민우는 패션모델을 준비한다고 했는데, 알바를 해서 트렌드에 맞는 옷을 사려고 했다. 민우가 원하는 트루릴리전 진이 30만 원도 넘는다고 해서 유미는 무척 놀랐는데, 그 덕분에 유명 브랜드에 관심을 가져보기도 했다. 유미가 아무리 열심히 일해도 알바비로 유행하는 아이템 하나를 사면 곧바로 통장이 비었다. 엄마가 통장에 넣어주는 한 달 10만 원 돈으로는 턱없이 부족한 생활이 시작된 것이다. 게다가 민우가 돈을 꿔가기도 하고, 갚는다고 하면서 안 갚아 유미는 굶고 다니기도 했다.

유미는 어느 날 자신을 피하는 민우에게 말없이 무작정 찾아갔다. 민우는 전철역으로 몇 정거장 떨어진 모델 학원에 다녔다. 유미는 인터넷에서 위치와 수업 시간표를 확인하고 찾아갔다.

30분쯤 기다리다 보니 민우가 학원을 나왔다. 그 옆에는 키 크고 늘씬한 여자아이들이 있는데, 민우는 깔깔대면서 발랄하게 이야기를 하고 있었다.

유미는 부아가 났다. 민우의 티 없이 말간 얼굴이 교활하게 보이고 그의 큰 키에 잘 어울리는 청바지가 무척 가식적으로 보였다. 이러려고 그렇게 피해다닌 건가 싶었다.

유미는 순간적으로 너무나 세련되어 보이는 저들에 비해 꾀죄죄해 보인다는 생각에 황급히 골목으로 숨으려 했다. 그때 민우의 목소리가 들렸다. 유미가 몰래 보니 트루릴리전 진에 구찌 벨트를 티나게 찬 그의 모습이 보였다.

"오늘 내가 쏠게. 학원 월말 평가 좋은 점수 받은 턱이야."

"어머나, 민우 넘 멋진걸? 우리 중에 가장 먼저 쇼에 서는 거 아니야?"

"우리 스테이크 먹으러 가자. 빕스 어때?"

"오브 콜스. 조만간 뉴욕 패션위크에 설 도민우가 쏜다. 가자구."

민우의 허세 부리는 듯한 목소리가 들리자 유미는 화가 버럭 나 확 그 앞을 가로막았다.

"야, 도민우. 오랜만이다?"

"어어, 황유미…."

"왜 내 전화 씹고 그런 거야?"

유미는 운동모자를 눌러쓰고 다소 세게 나갔다.

"그게 저… 여기 수업이 너무 바빠서 그랬어."

여자들이 물었다.

"누구야? 여친?"

"아니. 옆 반 황유미. 유미분식 알지? 거기 집 딸이야."

"그래? 그렇구나. 맛있어? 우리 한번 나중에 놀러가 보자. 민우야, 어서 빕스 가자."

유미는 열받았다.

"야, 너 나한테 돈 꿔간 거 27만 원 어떻게 할 거야?"

민우의 얼굴이 벌게졌다.

"그걸 왜 여기서 말해? 갚는다고 했잖아."

"소식도 없고 전화도 안 받는데 여기 안 오고 배겨?"

"갚는다고. 됐어? 비켜줄래? 나 친구들하고 어디 가려고."

"야, 진짜 촌티 난다. 청바지에 벨트 찰 일이야? 명품 자랑하는 거 너무 티나."

민우는 그 후에 2만 원, 3만 원씩 돈을 여러 번 나누어서 부쳤다. 유미는 찌질한 녀석과 잘 헤어졌다고 여겼다.

자식은 늘 서운한 거라고, 짝사랑 같은 거라고 단골손님이 늘상 말했다. 유미는 그때는 분식집 단골인 '왕년이모'의 말이 뭔지 몰랐다. 하지만 자신의 텅 빈 통장과 빼먹고 안 간 독서실 출결표와 학교 성적표를 본 엄마는 분명히 크게 실망했을 것 같다는 직감은 들었다. 끝내 민우는 돈을 다 갚지 않았고, 유미는 인생에서 좋은 교훈 얻은 셈 치고 다시는 민우를 만나지 않았다.

한 달쯤 뒤에 유미가 그런 일이 있었다고 엄마에게 이야기를 하자, 엄마는 민우 대신 돈 17만 원을 유미의 통장에 넣어주었다. 혹시 유미가 열받아서 해코지 같은 걸 할까 겁난다면서.

그렇게 실연 아닌 실연으로 유미 마음이 휑할 때, 유미분식에서 조용히 김밥을 사가던 은행원 긴 생머리 언니 연경을 우연히 만난 적이 있었다.

공원 벤치에 앉아 눈물 흘리면서 저녁 노을을 보던 유미는 저만치 산책하는 남녀가 눈에 들어왔다. 눈물을 소매로 닦고 보니 은행원 언니와 웬 훈훈하게 생긴 남자가 걷고 있었다. 은행원 언니의 얼굴엔 발그레한 생기가 돌았다. 그리고 들뜬 흥분과 쑥스러움도 있었다.

'저게 사랑하고 있는 사람의 표정이구나. 천하의 황유미, 강철 심장을 지닌 나. 사랑은 웬만해선 울지 않는 나를 울게 하고, 저 언니의 차분한 얼굴에 생기가 돌게 하는 거구나. 사랑아, 너 참 대단하다.'

유미의 MP3 플레이어에서 빅뱅의 '붉은 노을'이 흘러나왔다. 유미는 노을을 보면서 노래가 무척 신난다고 생각을 했다. 기분이 나아졌다. 앞으로는 인생에 사랑 따위는 없고 빨리빨리 나이가 들어 노인이 되고 싶다는 마음이 들었다. 그래야 사랑의 아픔을 두 번 다시 겪지 않을 테니까.

유미가 연경을 보고 10년 전 기억을 떠올릴 때, 곧이어 분식집 문이 열리면서 문에 달린 작은 종소리와 함께 누군가가 들어섰다. 과거 분식집에 자주 오시던 왕년이모였다. 10년 전부터 그녀도 발걸음이 뜸했다.

"어머, 내가 늦은 거 아니지?"

"안녕하세요, 이모. 정말 오래간만이에요."

"그래. 유미야. 아구야…. 언니가 언제 그렇게 가신 거니? 연락을 하지 그랬어? 난 우리 아들한테 초대장 온 걸 열어보고 부랴부랴 왔다."

"엄마가 상에는 가족들만 부르라 하셔서요."

"그랬구나아."

왕년에 큰 식당을 해서 돈을 많이 벌었지만, 지금은 사기당해

빈털터리가 된 왕년이모는 여전했다. 그녀는 갈색으로 염색한 긴 머리를 묶고, 보석이 박힌 네일아트를 받은 긴 손톱과 길고 짙은 눈썹이 돋보였다. 스팽글 장식이 달린 화려한 프린트의 티셔츠와 배기바지가 잘 어울렸다.

씩씩하고 명랑한 기색은 그대로지만 세월이 깃든 눈가의 주름과 입가의 팔자주름은 짙어져 있었다. 엄마 말로는 왕년이모는 결혼해서 말년까지 같이할 신랑감을 찾는 게 지상 최대의 목표였댔다. 언제는 한 남자를 만나 사귀면서 50대 거의 폐경이 된 나이임에도 아이를 갖고 싶어 산부인과를 찾아갔다는 전설 같은 이야기도 엄마에게서 들은 적 있었다. 그 남자와 잘 안 되었다고 나중에 듣기는 했지만, 엄마는 사기꾼 같은 남자라 헤어진 게 다행이라고도 했다.

유미는 빙그레 웃으면서 왕년이모를 맞이했다.

"유미야, 언제 이렇게 컸니. 우리 대호는 아직도 아기 같은데…."

"이모, 대호도 잘 지내요?"

"으응."

"이 자리에 앉으세요. 곧 음식 내올게요."

"유미분식 언니가 우리들에게 뭘 줄 게 있다고 부른 거니? 정말 궁금하다."

"손님들 다 오시면 음식도 내오고 하나하나 말씀드릴게요."

왕년이모는 조용히 앉아 있던 연경의 옆에 앉았다.

"어머, 은행에 근무하던 아가씨 아니에요?"

연경은 배시시 웃었다.

"안녕하세요. 맞아요. 지금은 은행 관뒀어요."

"그렇구나. 결혼했어요?"

연경은 웃기만 했다.

그녀는 10년 전 기억을 떠올렸다. 은행에 고객으로 오던 한 대리는 어느 날 연경에게 메모를 건네 주말에 같이 커피를 마실 수 있냐고 물었다. 연경은 고민을 하다가 그의 휴대전화에 답을 남겼다.

그들은 그렇게 만났다. 첫 만남은 정동길이었다. 유명한 커피 장인의 집에서 연경은 밀크티, 한 대리는 에스프레소를 마셨다. 그는 커피를 안 좋아하냐고 물으면서 미안하다고 했다.

그의 쑥스러운 모습에 연경은 마음이 풀렸다. 차차 한 대리를 현석 씨로 부르게 되었다.

그의 수줍은 미소에 경계심이 풀어지고 안경 뒤로 오밀조밀한 눈코입에 자상한 태도가 마음에 들었다. 그렇게 경복궁이나 충무로 대한극장 같은 역사 깊은 곳에서 그가 문화유산에 대해 설명하는 말을 들으면서 걸어다녔다.

반년쯤 지나자 현석은 부모님에게 소개시키고 싶어 했고, 결혼을 원했다.

연경은 망설였다. 자신이 결혼하면 동생과 엄마의 생계가 곤란할 수 있었다. 현석은 그런 이른 걱정하지 말라고 했지만 무척 신경이 쓰였다.

연경은 그 당시 망설일 때 겪었던 일이 떠올랐다. 주말에 현석과 데이트를 미루고 미용실을 찾았다. 프랜차이즈 미용실은 여러 사람들로 북적였다. 연경은 머리에 롤을 말고 헤어 스팀 기계를 쓴 채 둥글레차를 마셨다. 잔잔한 발라드 음악이 흘러나오는데 귀에 익숙한 목소리가 들렸다.

그였다. 연경과 3미터 거리를 두고 저쪽 의자에 앉아서 커트를 받고 있었다. 여자 미용사가 이것저것 수다를 떨다 질문을 던졌다.

"저번에 결혼할지도 모른다고 한 분은 어떻게 만나셨어요?"

"아, 은행에서 제가 대출 담당으로 찾아가서 만났죠. 은행원이에요."

"그러시구나. 그런데 어떻게 첫눈에 이 여자라고 느낀 거예요?"

연경은 현석의 목소리에 귀를 기울였다.

"그것보다는 몇 번 업무로 만나다 보니 이 여자가 아니면 안 되겠다, 마지막 여자가 될 수 있겠다는 그런 심정이 언뜻 들었어요. 모르겠어요. 그냥 그런 생각이 찰나에 스쳐서 만나자고 메모를 건넸죠, 후후."

"아, 그렇구나. 결혼은 언제 하시는데요?"

"모르겠습니다. 그쪽에서 미루고 있어요. 상견례 이야기를 하는 것도 아직은 아니라고 하고요."

연경은 가슴이 철렁 내려앉았다. 계속 이야기를 엿들었다.

"나는 그쪽에게 도움되는 사람이고 싶은데, 어려운 것도 힘든 것도 나한테 기대도 좋은데…. 정작 그쪽은 망설이나 봐요."

연경은 눈시울이 붉어졌다. 그날 미용실에서는 모른 척하고 나왔다.

추억에 빠진 연경에게 유미가 말했다.

"10년 전에 이 유미김밥을 많이 사가셨죠? 저는 김밥은 물려서 엄마가 싸줘도 시큰둥했는데 신기했어요. 언니는 참 많이도 드신다 싶어서요. 아차차, 언니라고 해도 될까요?"

연경은 미소를 지었다.

"네. 그렇게 불러요, 유미 씨. 김밥은 여기 유미분식이 이 근방에서 가장 안 물리고 맛있었어요. 그때는 일을 해도 해도 시간이 모자라 이거 하나 뚝딱 먹고 점심시간 아껴서 일하기도 했죠. 지금 생각하면 어떻게 그렇게 열심히 했는지 모르겠어요. 지금은 후후, 못 할 거 같아요."

왕년이모가 끼어들었다.

"아니, 그 왜 내가 하던 그 큰 식당 알죠? 삼겹살집. 거기도 괜찮은 남자랑 놀러오고 하더만. 어떻게, 결혼 안 했어요?"

왕년이모는 사실 남의 가게를 매니저로 맡아서 한 적이 있었다. 유미는 모른 척 뒤로 돌아 웃었다.

"이거 드시고 천천히 말씀해주세요."

유미는 연경이 난처해하는 것 같아 김밥을 권했다.

고슬고슬한 밥에 햄, 맛살, 우엉, 유부, 단무지가 정갈하게 든 김밥을 연경은 젓가락으로 입에 가져갔다. 왕년이모도 입에 쏙 넣고는 눈을 크게 뜨고 속눈썹이 파르르 떨면서 고개를 끄덕이다 눈을 감았다.

"오잉, 매운맛! 청양고추 넣었네?"

유미가 웃었다.

"네, 맛이 좀 칼칼하죠? 엄마가 별미로 가끔 그렇게 해서 주셨거든요."

연경은 다시 과거를 떠올렸다. 현석과 결혼 후에 딸을 낳고 잘 살았다. 하지만 시댁과의 이러저러한 갈등에 지쳤다. 그리고 친정은 친정대로 그녀가 육아 휴직을 하면서 무급 휴직으로 연장하게 하자 서운한 점들이 많았다.

연경은 육아를 하느라 은행으로 복직하지 못했고, 살림에 매진했다. 남편은 직장을 상사와 갈등으로 관두고 쇼핑몰 사업을 했지만, 사업에 실패해 연경의 퇴직금도 까먹고 말았다.

최근 연경은 현석과의 사이가 좋지 않았다. 연경은 현석과 싸우다 지쳐 현재 친정에 가 있다가, 마침 친정으로 온 유미분식 초대장을 받아 이 자리에 오게 된 것이다.

연경은 그냥 10년 전 현석과 처음 만나던 풋풋하고 아련한, 그 달달한 연애 시절로 돌아가고 싶었다. 차분하던 연경은 이제 싸움꾼 중년 여성이 되었고 다정하던 그는 차가운 남편이 되어 있었다. 돈이나 사업 문제로 으르렁대는 건 딸아이에게 차마 못 볼 꼴을 보이는 것 같았다.

왕년이모가 궁금하다는 듯 보챘다.

"지금은 아기엄마 됐죠? 그때 은행원 아가씨가 얼마나 이뻤는데…. 아기가 엄마 닮아 정말 예쁘겠네."

연경이 차분하게 말했다.

"저보다는 남편을 많이 닮았어요."

유미는 연경이 누구와 결혼했는지 자못 궁금했다. 연경은 부끄러운 얼굴로 말했다.

"사실 여기서 지금 남편과 식사를 한 적도 있는 걸요."

연경은 10년 전 기억을 떠올렸다. 연경이 퇴근 후에 김밥을 포장해 가려는데 현석이 밖에서 지나가다 보았는지 반가운 얼굴로 들어왔다.

"안녕하세요, 계장님. 지나가다 봐서요."

"어, 한 대리님."

연경은 밝은 얼굴로 정중하게 인사했다.

"지난번에는 감사했습니다."

현석은 싱그러운 미소를 띠었다.

"제가 그날 은행에 두 번 가다보니 할아버지가 돈을 찾으려고 해도 은행에서 내드리기 어려운 사정을 봤잖습니까? 도와드려야죠. 은행에선 그런 일이 많은가 봐요."

"많지는 않지만, 저희가 가정 내 사정을 속속들이 알 수는 없으니까요."

"김밥 포장해 가시는 거예요?"

"네, 간단하게 저녁 먹으려고요."

"그러지 말고 같이 드시죠."

현석은 연경을 설득해 같이 테이블에 앉았다.

"사장님, 여기 유미김밥 두 줄하고 라면도 하나 주세요."

현석은 시원하게 말하고 선결제를 했다. 연경은 당황했다.

"엇, 제가 내야 하는데요."

"아닙니다. 지난번 대출도 잘돼서 사장님께도 칭찬받았어요, 후후. 대출 감사 인사를 김밥과 라면으로 하게 되네요."

연경은 매번 우물쭈물하면서 소극적으로 사람을 피하는 자신의 얌전한 성격이 못마땅했는데, 활달하고 시원하게 나서는 현석이 매력적으로 느껴졌다.

"고맙습니다. 잘 먹을게요."

"여기 김밥 정말 맛있지 않나요? 이 맛에 저도 은행 다녀오면 꼭 서너 줄 사서 회사 사람 주고 그러거든요."

연경은 그날 식사 이후 은행에서 근무할 때 가끔 그가 오지 않았나 둘러보는 버릇이 생겼다.

3일 후쯤 현석이 은행에 들어왔다. 현석이 번호표를 뽑는 순간, 연경과 눈이 마주쳤다. 현석은 빙긋 웃었고 연경의 볼은 붉어졌다.

현석은 그날로부터 며칠 후에 카페에 가자는 메모를 몰래 은행서 전달한 것이었다.

연경은 과거의 기억을 떠올리면서 환한 표정으로 유미에게 말했다.

"이 분식집에서 같이 식사를 한 인연으로 결혼하게 됐는지도 모르죠. 사실 그 전에도 은행 오시는 고객이셨지만요."

왕년이모가 호들갑을 떨었다.

"아니, 그럼 이 유미분식이 사랑의 분식집이네? 왜 예전에 '사랑의 유람선'이라는 외국 드라마가 있었는데, 호호호. 지금도 깨가 쏟아지죠? 좋은 사람이랑 결혼한 것 같은데?"

유미는 답을 궁금해하면서 기다렸다.

연경은 얼굴에 그늘이 드리웠다. 그리고 눈에 약간의 물기가 맺혔다.

"아니요…. 별거 중이에요. 지금은 친정에서 지내고…. 이혼도 생각하고 있어요…."

유미는 놀란 마음을 티 내지 않고 담담하게 물었다.

"은행을 관두고 아이만 돌보니 결혼 전에 생활비를 제가 대주던 친정에선 서운해했어요. 남편은 회사를 나와서 친구 말 듣고 쇼핑몰에 투자해서 제 퇴직금도 까먹었어요. 매일같이 싸우다가 이제는 말을 안 하는 사이가 되고, 제가 집을 나와 아이와 함께 친정으로 돌아갔어요…."

유미는 잠시 침묵했다. 연경은 조용히 김밥 하나를 젓가락으로 집어서 묵묵히 먹었다. 왕년이모는 어묵탕 국물을 가져다주고 김치와 단무지를 리필해주면서 연경의 등을 따스하게 두드렸다.

"은행을 괜히 그만뒀나봐요."

연경은 눈물을 흘렸다.

"엄마도 서운해하고 저도 아이 기르느라 행복했지만, 결국 이런 날이 왔어요. 만약에 제가 은행을 계속 다녔다면, 아, 아니 결, 결혼을 안 했더라면 지금 고통스럽지 않고 행복했을까요? 흐흑…."

눈물보가 터진 연경을 왕년이모가 꼭 껴안아주고 다독이면서 달랬다.

"지금 아이가 있다면서요. 그게 얼마나 행복한데요. 아이가 주는 기쁨을 어디다 비교해요."

유미는 잠자코 다음 이야기가 나오기를 기다렸다.

"그건 그래요. 정말 행복해요. 아이를 위해 사는 삶은 어느 것에도 비교할 수 없고 제가 부모님에게 덜 받은 사랑만큼 더 사랑을 주었어요."

왕년이모가 달래듯이 말했다.

"돈은 있다가도 없고 없다가도 생겨요. 이렇게 건강하고 젊은데…. 나도 그이 가고 아들하고 둘만 세상에 덩그러니 남겨지니 얼마나 고생했는데…. 그런데 사업이 불같이 일어나 정말 돈 많이 들어왔던 시절이 있었어요."

왕년이모는 눈썹이 떨리면서 허공을 보았다. 유미는 앞치마 주머니에서 무언가를 주섬주섬 꺼냈다.

"언니 오시면 엄마가 이거 전해드리랬어요."

"네?"

유미는 낡은 편지지를 꺼내 연경에게 건넸다.

"이거…. 엄마가 전하라고 하셨어요."

연경은 떨리는 손으로 편지를 받았다. 하늘색 체크무늬 편지지는 과거 연경이 썼던 편지였다. 안을 열어보니 지금의 남편에게 보내려다만 편지였다. 기억이 새록새록 났다.

"아…."

연경은 편지를 들고 손등으로 눈물을 훔쳤다. 분식집 휴지통에 버린 편지였다. 결혼 전 불안한 마음을 썼는데 차마 주지 못했다.

연경은 부탁을 했다.

"저, 저 너무 떨려서 못 보겠어요…. 누가 대신 읽어주세요."

왕년이모가 편지지를 들고 담담하게 읽었다.

"현석 씨. 내 편지 오랜만이지? 하지만 내가 편지 보내도 답장도 없고 너무 무심해. 누구에게 편지를 보낸다는 거 얼마나 좋은 일이고 즐거운 일인데 그런 것도 모르고 말이야.

현석 씨. 지금 이 순간에도 열심히 일하고 있겠지? 난 이거 쓴 다음에 바로 일 보러 은행에 들어가야 해. 잠깐 짬 내서 유미분식에서 편지를 쓰는 중이야.

현석 씨는 말로는 표현을 잘 안 하니까, 가끔은 날 사랑한다고 말해줬으면 좋겠어. 그럼 난 무척 즐거울 텐데. 난 상견례 날 잡고 결혼을 준비한다는 게 아직 실감이 잘 안 나.

그렇지만 상견례 날이 다가올수록 걱정도 커지는 거 있지. 내가 결혼 생활을 잘해낼 수 있을까? 힘들고 고되지는 않을까? 우리 엄마나 현석 씨 아버지에게도 똑같이 잘할 수 있을까?

아무래도 난 새로운 환경에 적응해야 하는 일이니까, 현석 씨가 나를 많이 도와주고 이해해줘야 되지 않을까. 아니, 서로 돕고 참고 이해해야 되는 일이겠지.

현석 씨, 결혼보다도 결혼 이후의 생활이 중요한 거 같아. 지금처럼 철부지처럼 행동한다면 서로 피해가 갈 뿐일 테니까. 서로 더욱 어른스러워져야겠지.

가끔은 현석 씨가 나를 진실로 사랑하는지 의문이 들어. 말이 잘 없으니까. 요즘 살쪘다고 고민하던데, 내 눈에는 그대로야. 그렇게 안 보이니까 걱정하지 마. 키높이 구두는 내가 마련할 테니까 상견례 때 신어. 나는 힐을 신고 가고 싶으니까. 절대 거부하지 말고 만약 결혼하더라도 꼭 신어. 하여튼 건강하고 원하던 대학원에 붙으면 열심히 공부해야 해. 나도 열심히 일할 테니까.

당신의 자랑거리 연경이가."

편지 낭독이 끝나자 유미와 왕년이모는 흐뭇하게 방싯거리면서 초롱초롱한 눈빛으로 연경을 보았다.

과거에 사랑 감정에 충만한 젊은 여성이 쓴 편지는 정말로 그 감정이 잘 와닿았다.

연경은 오글거리게 쓴 편지라 차마 전해주지 못하고 그대로 여기 쓰레기통에 버렸던 걸 기억해냈다. 그녀는 마음이 뭉클했다. 이토록 사랑했던 남자와 헤어지려 마음을 먹은 것이다.

이때 연경의 휴대전화에 메시지가 왔다. 남편이었다.

– 예전 다니던 은행 근처 유미분식에 갔다고 장모님이 말씀하셔서 문자 보내. 연경아, 여기 분식집 앞이야. 장모님 댁 들러서 보미도 데리고 왔어. 나와봐.

연경은 창으로 밖을 내다보았다. 남편의 차 안에 딸아이가 잠들어 있고, 남편이 내려 분식집으로 다가오는 게 보였다. 연경은 벌떡 일어나 문을 열어주었다.

"여기 그때 우리 만나서 김밥 먹던 곳 아니야? 유미분식 유미김밥 맞지?"

연경은 고개를 끄덕였다.

"여기 김밥에 유부 자잘하게 썰어넣어서 무척 달콤한 맛이었는데."

"지금도 그래. 전 방금 먹었어요."

현석은 고개를 끄덕였다. 이미 테이블의 김밥 접시는 치워져 있었다.

"우리 정식으로 만나기 전에 여기에서였던가 밥 먹었던 것 같아."

"여기가 거기 맞아. 보미 아빠, 우리 나가서 이야기하자."

둘은 밖으로 나갔다.

현석은 차에서 자는 아이를 보고 나서 떨리는 손을 주먹 꽉 쥐고 입을 열었다.

"나한테 기회를 줘. 다시 잘살 수 있게 노력할게. 일도 앞으로 당신과 의논해서 결정할게. 부탁해. 제발 기회를 줘…."

연경은 떨리는 눈빛으로 아이와 현석을 번갈아 보았다.

왕년이모는 궁금해서 분식집 창문을 열고 커튼으로 몸을 가리면서 그 둘의 대화를 엿들었다.

현석은 눈시울이 붉어지면서 떨리는 목소리로 말을 했다.

"여보. 연경아. 보미 엄마야. 나 당신이 해준 감자볶음 다시 먹고 싶어. 언제 말했지. 엄마가 무척 아프셔서 병원에 자주 입원하셨다고. 나 중학생 때던가 학교 다녀오니까 현관문을 열쇠로 따고 들어오자마자 감자볶음 냄새가 나는 거야. 난 단박에 알아차렸어. 엄마 아플 때 대신 오시는 아주머니가 해주는 반찬 냄새가 아니고 엄마가 특유의 솜씨로 해주는 냄새라는 걸. 엄마! 하고 부르고 주방에 가서 그대로 감자볶음에 밥을 먹었어. 그때의 그 어머니 반찬

하던 때의 냄새가 당신이 요리할 때 나는 것 같았어…. 그만큼 당신은 나한테 소중한 존재야….”

연경은 몸을 슬쩍 떨면서 이야기를 들었다. 현석은 가끔은 연경이 감자볶음을 만들 때면 돌아가신 어머니가 생각난다고 했다. 그러면서 연경을 품에 안아주었다.

“언제부터인가 당신과 사이가 안 좋게 되면서 당신이 사업자금을 까먹은 걸 타박하면 나는 당신이 만든 요리에 손도 대지 않았지. 그러다 보니 당신도 요리를 안 하게 되었고.”

연경의 눈에서 진주같은 눈물방울이 흘러내렸다.

“다시 요리를 해줘…. 미안해. 내가 잘할게…. 보미 데리고 다시 우리 집으로 가자. 어서 장모님한테 가서 짐 찾자구.”

“여, 여보, 나도 너무나 닦달해서 미안해. 그간 너무 괴롭혔어. 나도 조심할게.”

“연경아, 미안해.”

연경은 현석에게 꽉 안겼다.

창문으로 내다보던 왕년이모가 중얼거렸다.

“아름답다. 사랑의 위대함이여.”

잠시 이야기를 나누던 연경은 분식집 문을 열고 들어와 정중하게 인사를 했다. 이제 아이를 데리고 집으로 돌아간다고 했다. 유미는 그녀의 손에 편지와 김밥 포장을 들려주었다. 연경은 감동받은 얼굴로 받고 나중에 은혜를 갚겠다고 했다.

연경은 분식집을 나가 현석이 열어주는 조수석에 올라탔다. 돌아가는 길에 둘은 무척이나 환한 얼굴로 이야기를 나누었다.

유미는 새삼 음식의 위대함을 느꼈다. 추억의 음식을 먹으며 그때의 추억을 돌이켜 헤어지려던 부부를 다시 화해하게 해주었다. 저 부부가 어려움에 처하면 다시 힘들어지겠지만, 아마도 그때마다 둘은 유미분식을 찾지 않을까?

"어머, 남편이랑 화해하다니 부럽다. 나는 언제 님을 만나려나."

왕년이모는 쫑긋 올려 묶은 머리를 가다듬으면서 종종 자신에게 김밥을 싸다주었던 그 남자를 떠올렸다.

싱글맘으로서 대호를 기르던 시절, 그녀는 유치원 다니는 아이를 친정에 맡겼다. 그리고 청국장과 제육볶음을 주메뉴로 해서 한식집을 일구어 열심히 운영했다. 긴 머리는 허리까지 오고, 긴 속눈썹에 검은 눈동자 그리고 날씬한 체구에 부츠컷 슬랙스를 입은 그녀는 인기 만점의 여사장이었다. 옆에 여러 공사장 직원과 소장도 올 정도로 맛집으로 소문 나 돈을 제법 모았다. 기반이 잡히면 대호를 데려올 작정이었다.

어느 날 식당일을 마치고 집에 들어와 잠들려는데, 누군가 벨을 눌렀다. 경계하면서 문을 잠깐 열어주었다.

"무슨 일이시죠?"

남자는 말끔하게 생긴 얼굴에 수트를 입고 명함을 내밀었다. 인테리어 회사 대표라고 적혀 있었다.

"저어, 사실은 제가 아래층에 사는데요."

왕년이모는 지레 놀랐다.

"앗, 층간 소음이 심한가요? 식당 일 마치고 들어오면 그때 세탁기 돌린 게 시끄러웠나요? 죄송해요."

"그건 아닙니다. 저 혹시 잠깐 시간 되시면 요 앞 카페에 나와주실래요. 드릴 말씀이 있습니다."

남자의 정중한 제안에 왕년이모는 잠시 후 그 남자를 카페에서 만났다.

남자는 음료를 시키고 나서 조심스레 입을 열었다.

"사실 혼자 산 지 꽤 됐지만, 최근에 홀로 계시던 어머니 돌아가시고 마음이 힘들어 불면증이 심합니다."

왕년이모는 안됐다는 얼굴로 잠자코 들었다.

"밤에 잠을 이루지 못하는 데는 이상하게 무섭다는 생각도 들어서입니다. 수면제도 처방받아왔지만 불면에 시달리죠. 부탁이 있는데…."

남자는 잠시 뜸을 들이다 말했다.

"밤 1시까지 생활소음을 내주실 수 있나요?"

"네에? 소음이요?"

왕년이모는 앞에 말끔하게 생긴 남자의 제안이 의아했다.

"네, 제가 이 세상에 어머니 없이 홀로 남겨진 걸 생각하니 외로움에 사무쳐 잠을 못 들고 무섭기도 한데, 위층서 사람 소음이 들리니 그래, 나 혼자 있는 건 아니라는 생각에 맘이 편해져 잠이 듭니다. 그러니 새벽 1시까지는 맘껏 소음을 내주시면 감사하겠습니다."

"아, 제가 좀 늦게 잠드는 편이라 아무 일도 아니긴 한데…."

왕년이모는 남자를 살피다가 눈이 딱 마주쳤다. 그의 큰 눈이 쓸쓸해 보였다. 도움을 주고 싶다는 생각이 언뜻 들었다.

"네, 알겠어요. 그렇게 할게요. 그럼 마음껏 소음을 내기만 하면 되는 거죠?"

"그렇습니다. 아까 식당 일 하신다고 하셨는데, 제가 식당에 고장이 난 가구나 수도 배관은 무료로 수리해드릴게요. 직업이 직업이라 충분히 혼자서 수리 가능합니다."

"호호호, 그러세요?"

그 남자의 이름은 경철이었다. 그렇게 경철과 만나 왕년이모는 새벽 1시까지는 음악도 틀고 세탁기도 돌리고 TV도 큰소리로 틀고 그러면서 식당을 운영했다. 남자는 식당에도 찾아와 밥도 먹고 싱크대도 고쳐주었다.

주말에 가끔 경철과 만나 커피를 마시기도 했고, 언제 어머니 모신 납골당에 가보자는 이야기도 조심스레 했다. 그녀가 층간 소음을 신경 써서 낸 다음날에는 경철은 다정하게 직접 싼 두툼한 김밥 도시락을 가져다주었다.

그런데 이상한 일이 일어났다. 자정에 여느 때처럼 왕년이모는 소음을 내면서 경철을 생각하고 있었는데 벨을 누군가 다급하게 여러 번 눌렀다.

딩동딩동, 수차례 울려 왕년이모는 현관으로 달려갔다, 경철인가 싶었다.

"경철 씨?"

문을 열자 그가 아닌 30대의 남녀가 따질 듯이 들어왔다.

"이거 봐요, 아줌마. 왜 맨날 새벽에 소음을 내요? 우리가 사람이 좋아 참은 줄 알아요!"

왕년이모는 아래층에서 왔다는 그 부부에게 깜짝 놀랐다.

"뭐라고요? 아래층에는 경철 씨가 사는데? 이게 무슨 일인지…."

왕년이모는 경철에게 전화했다. 전화를 받지 않아 문자로 상황을 알리고 나서 그들과 실랑이를 벌였다. 그런데 잠시 후 갑자기 엘리베이터가 띵 소리를 내며 열렸고, 경철이 트렌치코트를 입고 들이닥치면서 소리를 질렀다.

"방현미, 민수철. 당신들을 의뢰인의 요청대로 일단 조사를 하겠습니다. 성나동 일대에서 계 모임을 해서 여러 사람에게 투자 권유를 했죠? 투자하면 이자를 은행 예금의 5배로 준다는 사기를 치고 잠적한 부부 맞죠? 친환경 쓰레기 처리장치 사업을 한다면서요?"

경철은 그 부부를 데리고 나가면서 왕년이모에게는 나중에 설명해주겠다고 말했다. 지금은 그들과 경찰서로 가야 한다면서. 부부는 안 가려고 실랑이를 했지만, 경철의 설득에 가기로 하고 엘리베이터에 올랐다. 왕년이모는 베란다로 가서 그들이 경철의 차에 올라타는 걸 보았다.

며칠 후 식당으로 찾아온 경철이 자초지종을 설명해주었다. 자신은 사실 탐정인데, 그 부부가 투자 사기를 쳐서 도망쳤다고 했다. 경철은 사건을 의뢰받고 수소문 끝에 그 부부가 대량의 냉동 음식을 사들고 왕년이모의 집 아래층에 달방을 얻어 사는 걸 알아냈다. 그리고 그는 기지를 발휘해 위층에 사는 왕년이모를 찾아가 층간소음을 내달라고 부탁한 거라고 했다.

"정말로 죄송합니다, 사장님. 놀라실까 봐서 일단은 그런 말로 다가갔습니다. 불쾌했다면 정말로 죄송합니다."

경철은 꽃다발을 밀고 탐정 명함을 주었다. 그리고 인테리어 사업을 하는 것도 사실이라고 하며, 탐정 일은 정말 어려운 사람들이 부탁하면 도와준다는 말이었다.

왕년이모는 그의 정의감에 감동했다. 그리고 앞으로 그런 일이 있으면 경철을 돕겠다고 말해주었다.

그렇게 그들의 친분이 시작되었다. 가벼운 만남을 넘어 데이트를 하게 되었다. 경철은 식당 일을 돕고 주말에 카운터를 보기도 했는데, 왕년이모는 대호가 초등학교 들어가면 친정에서 데리고 와서 같이 살 거라고 말하기도 했다. 왕년이모는 점차 그에게 마음을 열었다.

그렇게 3개월 넘게 사귀다가 경철이 어려운 사람을 돕는 일에 써야 한다면서 금전을 빌려달라고 했다. 곧 갚겠다고 약속했다. 왕년이모는 그를 믿고 돈을 빌려주었는데, 약속대로 제 날짜에 이자까지 쳐서 갚았다. 그런 일이 몇 번 있었다.

어느 날 경철은 자신이 탐정 일을 하다 사고를 쳤다고 했다. 바람난 남편을 뒤쫓다 페라리 차량과 접촉사고가 나서 합의금 5천만 원이 필요하다고 했다. 이미 결혼 말이 오가는 사이라 왕년이모는 하는 수 없이 가게를 담보로 돈을 빌려 그에게 주었다.

그 돈을 받은 경철은 그날 이후 그렇게 사라져버렸다. 왕년이모가 전화를 걸어도 받지 않았다. 하는 수 없이 그가 가입했다는 탐정 협회 전화를 걸어도 그런 회원은 없다고 했다. 왕년이모는 혹시나 하는 마음에 아래층에 가서 벨을 눌러 사람을 기다렸다. 아무도 나오지 않았다. 관리사무소에 문의하니 30대의 그 사기꾼 부부는 살지도 않았다. 아예 빈집이었던 것이다. 그만큼 주야로 식당 일만 하다 보니 주변에 무심하게 살았던 것이다.

그렇게 사기를 당하고 그 후에도 몇 번 결혼을 미끼로 사기 치는 남자에게 당했다. 그런 뒤에는 이제 그냥 마음을 접고 대호를 데려와 학교에 보내 같이 살았다. 그날그날 알바를 하고, 아는 사람 식당에서 매니저를 하면서 살았다. 대호는 중학교 때부터 학교에 잘 적응을 하지 못하더니 어느 날 학교를 관두고 게임이나 인터넷만 하면서 살아갔다. TV로만 보던 은둔형 외톨이가 되고 만 것이다.

"에유, 내 인생은 왜 이리 팍팍하냐?"

왕년이모는 김밥을 젓가락으로 찍어 먹으면서 한숨을 작게 쉬었다. 유미는 웃으면서 물을 떠다주었다.

"이모, 이거 마시면서 드세요."

"알았다. 대호 얘는 왜 이리 안 오는 거야?"

유미는 왕년이모에게 물었다.

"대호… 잘살고 있죠?"

"이따 올 거야. 직접 물어봐. 그나저나 이 김밥은 어쩜 언니가 하던 그 맛 그대로야?"

"엄마가 남긴 레시피 노트가 있거든요. 그걸 보고 그대로 만들어 보고 있어요. 지금 주방에 도와주시는 분도 계시고요."

"그렇구나. 유미 네가 이 분식집을 이어받을 생각을 하다니 정말 기특하다."

"이제 곧 다른 손님들이 오실 거예요. 그때마다 음식이 달라지는데 드시고서 평가 좀 같이 해주세요."

"그래, 나야 너무 좋지. 음식으로 10년 전 나의 젊었던 시절을 다시 가보는 건데."

"그럼 저는 주방으로 들어갈게요."

유미분식의 레시피

유부김밥

재료 : 밥 한 공기, 김밥용김, 유부, 당근, 햄, 사각어묵, 맛살, 달걀, 단무지

1. 고슬고슬하게 밥을 지어서 소금과 참기름 약간으로 간을 해둡니다.
2. 당근과 사각어묵, 달걀지단을 채썰어서 둡니다.
3. 달군 팬에 식용유를 두르고 당근과 어묵, 김밥용 햄, 맛살을 각각 볶아서 김밥에 넣을 속재료로 둡니다.
4. 유부를 물에 헹궈 물기를 꼭 짜고 살짝 볶아줍니다.
5. 김밥용김을 거친 부분이 위에 오도록 놓고 미지근하게 식힌 밥을 얹어 고르게 펼칩니다.
6. 그 위에 당근, 햄, 어묵, 맛살, 달걀, 단무지 등을 넣어서 돌돌 말면 완성. 단, 김밥을 마는 힘에 강약 조절을 두어서 옆구리가 터지지 않게 하는 게 기술입니다. 김밥 위에 참기름을 바르고 통깨를 뿌린 후에 한입 크기로 썰면 됩니다.

02

실종아동이 좋아하던 돈가스

　지아 엄마 영순은 오늘도 실종 전단을 꺼낸다. 지아가 여섯 살 때 실종되어 전국을 찾아다니면서 배포한 전단이다. 그렇게 많이 찍었어도 그만큼 사람들에게 많이 건네줘서 지금은 얼마 안 남았다. 양 갈래로 땋은 머리의 딸아이는 그렇게 귀엽다. 영순은 전단 속 지아의 얼굴을 손으로 쓰다듬었다.

　그리고 한 손에 우편함에서 가지고 들어온 편지를 들었다. 편지는 꼼꼼하게 풀이 발라져 있는지 잘 떨어지지 않는다. 영순은 뭔가 싶어 편지를 들고 두 손으로 힘을 주었다. 편지지가 약간 찢어지면서 봉투가 열렸다. 영순은 안에서 편지지를 빼서 들고는 유심히 읽었다.

편지에는 이렇게 적혀 있었다.

지아 어머니 영순 님에게

지아 어머니, 유미분식을 기억하시는지요? 저는 유미분식 김경자 사장님의
딸 황유미입니다. 10년 만에 편지를 드린 이유는 저희 어머니가 돌아가셨다는 소
식을 전해드리기 위해서입니다. 어머니가 돌아가시면서 남기신 유언은, 그동안
잊히지 않는 고마운 유미분식 손님들에게 음식을 대접하고 어머니가 남긴 것을
전해드리라는 말씀이었습니다.

주변 상인들에게 어렵사리 수소문해 이사 가신 주소로 편지를 드렸습니다. 연
락 주시면 시간과 장소를 알려드리겠습니다. 그럼 아래에 적힌 휴대전화 번호로
꼭 연락주시길 바라겠습니다.

황유미 드림

영순은 눈물을 훔치면서 편지를 구겨 버렸다.

그 망할 여자가 죽은 것이다. 지아가 실종된 것은 절반은 그 여
자 탓이다. 그 결과 지금 어떤 삶을 살고 있는 것인가. 그런데 복수
를 하기도 전에 이렇게 죽다니.

영순은 편지에 적힌 휴대전화 번호로 문자를 넣었다. 유미분식
에 가고 싶으니 날짜와 시간을 알려달라고 단도직입적으로 말했

다. 어미가 없으면 그 딸에게 쓴소리를 일갈해서라도 울분을 풀고
싶었다.

그렇게 영순은 얼마 전에 전달받은 초대장으로 지금 여기 와 있
는 것이다. 영순이 유미분식에 들어서려던 순간에, 한 여성이 나오
더니 아이와 함께 기다리던 남자의 차에 올라타 사라졌다.

영순은 분식집 문을 열고 당당히 따질 것처럼 들어섰다.

"여기 누구 없어요?"

왕년이모와 유미가 동시에 영순을 보면서 놀라는 기색을 보였
다. 영순은 다짜고짜 유미에게 다가갔다.

영순의 눈빛이 반짝였다.

"유미 맞지? 여기 사장님 딸. 너 나 기억하지?"

"네, 지아 어머니시죠?"

"그래, 기억하는구나. 다 자라니 엄마랑 닮은 구석이 많이 보
이네?"

영순은 들고 온 작은 가방을 유미가 안내하는 테이블에 턱 하니
놓고 왕년이모를 돌아보고는 입을 열었다.

"물 좀, 나 여기 오는데 갑자기 열불이 확 나더라고요."

유미 대신 왕년이모가 물을 떠다 주었다.

"아니, 찬물 마시면 속이 너무 차니까 미지근한 물로 드세요."

물을 다시 떠다주자 영순은 물을 입안에 털어놓고 손등으로 입
가를 쓱 닦았다.

"여기 사장님 돌아가신 거는 안된 일이지만, 저도 속상한 일은 말하려고요."

유미는 다소곳한 얼굴로 그 앞에 고개를 떨구고 앉았다. 왕년이모도 심각한 표정을 짓고 영순과 눈을 맞추었다.

유미는 영순이 하는 10년 전 이야기들을 들으면서 점점 과거로 걸어 들어갔다.

10년 전 유미분식 주변에서 벌어진 가장 큰 사건은 당연히 지아의 실종사건이었다. 유미는 아직도 그때의 충격을 잊을 수 없다.

분식집에 곧잘 와서 돈가스를 오물오물 먹던 여섯 살 유치원생 아이가 어느 날 사라졌다. 놀이터에서 노는 모습을 누군가 목격을 했고, 동네에 자전거를 끌고 돌아다니던 것도 동네 상인이 목격했는데 종적이 묘연했다.

지아의 엄마는 당시 친정집에 다녀와서 집에 와 있을 거라 생각했던 아이가 사라지자 남편과 함께 경찰과 현장 조사를 하러 다니고 실종 전단지를 지하철역 앞에서 뿌리고 했다.

엄마는 지아가 실종되었다는 걸 나중에 알고 대경실색했다. 영순이 와서 실종 전단지를 내밀자 그녀를 다독이고 따뜻한 죽을 끓여주었다.

"아이고, 지아 엄마. 지아가 내가 해준 돈가스 그렇게 맛있게 오물거리면서 먹었는데 이걸 어째…."

"사장님, 저는 어쩐대요. 지아가 여섯 살인데 주소도 잘 못 외우고, 경찰서에는 들어온 아이 정보가 없다는데 어떡한대요, 으흐흐흑."

"분명히 찾을 수 있을 거야. 요즘이 어떤 세상인데. 걱정 마요, 지아 엄마."

그렇게 며칠이고 실종 전단지를 돌리고 허탈한 마음으로 분식집을 찾는 영순을 엄마는 따뜻하게 대해주었고 음식을 정성껏 대접했다. 전단지를 분식집에 붙이고 찾는 손님마다 물어보는 것도 잊지 않았다.

엄마는 늘 찾아야 한다면서 관심을 기울이고 노심초사 걱정을 했다.

그러던 중 실종 한 달 된 어느 날이던가 갑자기 분식집 문이 확 열리고 영순이 찾아와 거칠게 따지는 일이 있었다.

"사장님이 지아 찾는 거 더 힘들게 한 거 알아요?"

"엉? 아니 그게 무슨 말이에요?"

"사장님, 아니 어떻게 그럴 수 있어요. 지아 실종되기 한 시간 전에 여기 분식점 근처에서 자전거 끌고 가던 걸 본 사람이 있다고요. 사장님이 지아와 어떤 이야기 주고 받았다고 말했대요. 그럼 지아가 세발자전거 타고 어디로 가더라 말 좀 해주시면 좀 좋아요?"

엄마는 그 말에 화들짝 놀랐다.

"에구머니나, 그날이 실종되던 날이에요?"

엄마는 분식집 벽에 붙여둔 실종 전단을 자세히 보았다.

"아고 미안해라. 난 그날인 줄 몰랐어요. 그래, 내가 지아가 자전거 끌고 가기에 엄마 어디 계시니 하고 물어본 적 있었죠. 지아는 엄마가 잠깐 뭐 어디 갔는데, 골목서 자전거를 타도 된다고 허락받았대서 내가 같이 분식집 가자 했는데, 고개를 젓고 그냥 자전거 타고 가더라고."

"사장님이 어떻게 나한테 그래! 그날 그 말만 제대로 경찰한테 했어도 애 찾았을 거 아냐!"

영순은 엄마에게 화를 버럭 내고 가게 집기를 마구 던지고 가게 문을 발로 뻥 차고 나갔다. 유미는 화가 나서 소리를 질렀다.

"저 아줌마는 우리가 뭘 잘못했다는 거야? 애 잃어버린 자기 잘못은 생각도 안 하고. 안 그래? 자기가 애 안 보고 어디 다녀와서 그렇게 된 거 아니야? 우리가 뭘 잘못했다는 거야?"

"유미야, 말 그렇게 하지 마라. 얼마나 속상하면 저러겠니. 내가 날을 착각해서 경찰한테 말 못한 죄도 있어. 내 잘못이야."

엄마는 그렇게 말하면서 가슴을 쥐어잡았다.

"엄마, 어디 아파? 오늘 가게 문 닫고 들어가자."

"아니야. 넌 먼저 집 가 있어. 내가 지아 엄마한테 전화라도 넣어야지."

하지만 그날 이후 영순은 가게에 오지 않았다.

엄마는 그후로도 지아를 찾았는지 궁금해했다. 만약에 못 찾았다면 평생 자신을 억누르는 죄가 될 것 같다고 했다. 그 후 소식은 들려오지 않았고, 엄마는 분식집에 지아의 전단을 1년 넘게 붙여두다가 조용히 떼었다. 유미의 기억으로는 전단지에 전화번호로 전화를 걸어도 결번이라는 메시지가 나왔다.

"지아는 잘 찾았겠지?"

"엄마, 내가 저번에 전화해보니까 결번이더라. 만약에 못 찾았으면 전화번호를 바꿨겠어?"

"그런가. 아암 찾았겠지. 음, 그래야지."

그 이야기를 한 지도 오래전이었다.

유미는 현재로 돌아왔다. 영순이 유미에게 말했다.

"뭐 줄 것 있다면서요?"

"아, 먼저 돈가스 준비 중이었거든요. 음식 내오고 천천히 드릴게요."

영순은 알았다고 하고 시선은 분식집 창밖을 내다보았다. 화창한 날이었다.

"아구, 그날 지아 잃어버린 날도 정말 화창했는데….."

영순은 10년 전 꿈에도 잊지 못하는 그날을 떠올렸다.

남편은 일 보러 나가고 자신은 지아를 유치원에 보내고 나갈 채

비를 했다. 아이는 유치원 하원 버스에서 내리면 알아서 집에 들어가니 걱정을 안 하고 편하게 약속을 잡았다.

남편과 아이에게는 친정에 엄마 병원 모셔다 드리려고 나간다고 했지만, 실은 초등학교 동창에게서 오랜만에 연락이 와서 만나러 나가려던 참이었다.

친정집에 간다고 거짓말 한 건 동창이 남자였기 때문이었다. 어릴 적에 문경에서 살았는데 학교에 몇 없는 친구들 중 이 친구와 친하게 지냈다. 오랜 세월이 흘러 지금은 이 친구도 서울에 와서 카센터를 한다는데, 건너 건너 연락이 되어 약속을 잡게 된 것이다.

화장을 공들이고 옷을 차려입고 강남의 카페에 가서 두근거리는 마음으로 기다렸다. 시간보다 일찍 나와서 30여 분간 기다리는 중에 초등학교 시절 이 친구가 자신을 남몰래 좋아하는 것 같았던 일화들을 떠올렸다. 긴 등하교 길에 책가방을 들어주기도 하고, 맛있는 반찬을 싸오면 자신에게 먼저 가져다주곤 했다. 그리고 논두렁을 보면서 하모니카로 '찔레꽃'이나 '난 정말 몰랐었네' 같은 가요를 불어주곤 했다. 학교에서 행사가 있어서 밤에 산길을 내려올 때 어둠 속 두려움과 적막감을 떨치려고 작게 노래를 불러주던 친구였다.

그 친구를 만나는 일은 무척 설렜다.

"영순아, 반갑다."

뒤에서 누군가 등을 툭 쳤다. 그 친구였다. 작업복에 얼굴에는 기름때가 슬쩍 묻은 20여 년 전의 초등 동창이 서 있었다.

그런데 작은 체구에 툭 튀어나온 배 그리고 덥수룩한 머리는 친근하지만, 여실히 나이 든 태가 났다.

"어, 그래. 반갑다, 정식아."

영순은 정식과 앉아서 대화를 나누었다. 과거로의 추억 여행은 재미는 있었지만, 본론 없이 더 이야기할 건 없었다. 한참 어릴 적 친구들을 소환하면서 대화를 하다가 정식이 말했다.

"근데 영순아, 나 와이프하고 두 달 전에 헤어졌다."

"응?"

"그렇게 됐어."

"아, 그래."

영순은 거기서 더 할 말이 없었다.

"오늘 일 없으면 우리 술이나 한잔할까."

영순은 이상하게 그의 표정과 태도 그리고 이야기에서 좀 질린다 싶었다. 자리를 털고 일어나려는데 그가 잡았다.

"딸이 유치원서 오느라 가봐야 해. 그럼 갈게. 나중에 전화할게."

그렇게 말하고 권유를 뿌리치고 집으로 서둘러 갔다.

영순은 집에 도착해 문 열고 들어서면서 "지아야!" 하고 불렀다. 그런데 답이 없었다. 지아가 집에 들어와 있지 않았고, 마당에 두었던 지아의 자전거가 사라져 있었다.

영순은 사색이 돼서 지아 친구 엄마들에게 전화를 돌렸다. 어디에도 지아는 간 흔적이 없었다. 유치원 선생님과도 통화하고 제대로 하원 버스를 타고 집 근처 골목 입구에 내렸다는 답을 받았다.

빵집이나 슈퍼, 문구점 등을 돌아다니면서 가게 주인들에게 지아의 행방을 물었지만 오지 않았다고 했다. 자전거는 근처 공원서 발견되었다. 그렇게 지아는 사라졌다.

영순은 즉시 남편에게도 전화하고 같이 경찰서에 찾아가 실종 신고를 했다. 경찰이 수사를 들어갔지만 CCTV가 지금처럼 많지 않던 시절이라 지아가 간 길을 찾기 어려웠다.

일주일 동안 머리가 산발이 되고 정신이 산란하도록 찾아 나섰지만 소득이 없었다.

영순은 울면서 실종 전단지를 만들러 가는 길에 혹시 그날 만났던 초등 동창생 정식이 범인은 아닐까 싶은 마음에, 그에게 전화해서 따지듯 물었다. 하지만 그는 어이가 없다면서 오해하지 말라고 하고 전화를 끊어버렸다.

그만큼 속이 타들어 가고 정신이 오락가락하고 사는 게 사는 게 아닌 시절이었다.

힘든 시절을 회상하던 영순의 코에 고소하고 달짝지근한 냄새가 났다. 유미가 돈가스를 주방에서 내오고 있었다. 영순은 유미가 가져온 돈가스를 내려다보고 눈물을 지었다.

"아이고, 우리 지아가 좋아하던 그 치즈돈가스 맞죠? 안에 모짜렐라 치즈 든 거."

"네, 맞아요. 엄마가 모든 음식의 레시피를 남겨놓으셔서 제가 안에서 주방 이모와 만들었어요."

유미는 담담하게 테이블에 돈가스를 서빙했다. 영순은 눈물을 지어보였다.

"내가 그간 여기 유미분식에 와서 속상한 게 있어 쓴소리 하려 했는데 안 되겠어요. 그냥 음식 맛만 보고 갈게요. 사장님도 이미 돌아가시고, 내가 따님 보고 무슨 소리를 하겠어."

유미는 깜짝 놀라 조심스레 물었다.

"저어기… 그러면 아직도…."

영순은 고개를 저었다.

"지아 3개월 만에 아동 시설에 있는 거 데려왔어요."

유미는 가슴을 쓸어내렸다.

"아구 다행이다."

왕년이모가 고개를 끄덕이면서 안도의 숨을 내쉬었다.

"그런데 지금 지아가 중학교 3학년인데 징글징글하게 속을 썩여요, 후우."

왕년이모는 네에? 하는 얼굴로 궁금해했다.

"아이돌인가 뭐시기 콘서트다 팬미팅이다 작년에 징그럽게 쫓아다녀 돈도 숱하게 써제끼더니, 올해는 공부 때려치고 교회 다닌다고 난리야, 아주."

영순은 지아가 아이돌을 따라다니면서 돈을 쓰는 것은 공부에 스트레스 받아서 그런가 싶어 그래도 허락을 했는데, 이번에는 관심이 시들하면서 길거리에서 만난 사이비 종교가 아닌지 의심스러운 교회에 다니며 성경 공부를 하면서부터는 학교에 조퇴도 잦아졌다.

그러곤 갖은 핑계를 대면서 용돈을 올려달라고 했다. 참고서, 화장품, 문구 같은 것들을 사야 한다면서 돈을 달라고 했다. 일부러 돈을 주지 않았더니 밤늦게 집에 들어오는 일도 많아졌다.

학원도 하도 빠지다 보니 학교 끝난 후 지아를 몰래 따라가 보기도 했다. 어처구니없게도 지아는 전철역에서 꽃과 액세서리를 좌판에 깔고 장사를 해서 돈을 벌고 있었다.

영순은 지아를 골목으로 끌고가 화를 버럭 냈다.

"너 왜 이러고 있는 거야? 학원은 왜 빠지고?"

"엄마, 나 방해하지 마. 이거 어서 팔아서 교회 성금 내야 해."

"뭐어? 같이 가자. 그 교회가 어디인지. 왜 너한테 이런 걸 팔게 하는지 말이나 들어보자. 왜 미성년자한테 이런 걸 팔아오라 시키는지."

"엄마, 엄마가 나한테 해준 게 뭐가 있어? 어릴 적 나 잃어버리기나 하고."

"뭐어어? 너 지금 엄마한테 뭐라 하는 거야?"

"맞잖아. 교회 선생님들이 그랬어. 그 어릴 적 트라우마로 내가 지금 학교서 친구들 사귀는 걸 힘들어한다고 그러셨어. 그러니까 난 성경 공부하면서 많이 치유받아야 돼."

"지아야, 아니야. 그 사람들이 너 꼬드기면서 이상한 거 가르치는 거야. 제발 엄마랑 그 교회 같이 가자니까? 아니면 교회 선생님 전화번호 줘봐. 전화해보게."

"이거 놔. 나 갈 거야. 어서 놔, 엄마!"

지아는 영순의 손을 뿌리치고 횡단보도를 건너 달려나갔다. 영순이 쫓아갔지만 이미 저만치 골목으로 사라졌다. 영순은 전철역으로 가서 지아가 놔두고 간 좌판의 꽃과 액세서리를 집어들어 유심히 보았다. 액세서리를 포장한 비닐에 교회 이름과 주소, 전화번호가 적혀 있었다.

그날 밤 지아는 집에 들어오지 않았다. 전화해도 받지 않았다.

다음날 영순은 포장지에 적힌 교회를 찾아가 보았다. 낡고 허름한 건물 2층에 교회가 있었다. 계단을 올라가 보니 학원과 병원, 회사 사무실들 사이에 '성경심리상담센터'라고 적힌 간판을 달고 있는 사무실이 분명 그 교회 주소지였다.

영순이 이상해서 갸웃하다가 상담센터 문을 열고 들어갔다.

"안녕하세요. 여기 교회가 맞나요?"

20대 여성이 나와서 인사를 했다.

"네, 맞습니다. 무슨 일이시죠?"

"우리 딸 김지아가 여기 교회에 다닌다고 해서요."

사무실 뒤쪽 책상에 앉아있던 30대 남성이 일어나 나왔다.

"제가 전도사입니다. 앉아서 말씀 나누시죠."

영순은 고개를 저었다.

"아니요. 우리 딸 지아 불러다 귀찮게 하시지 마시라고요."

영순은 비닐봉지를 그의 앞에 건넸다. 안에 시든 꽃과 액세서리
가 나왔다.

"공부하는 우리 아이한테 이런 거 팔라고 독촉하지 마세요."

전도사가 다 알겠다는 듯 고개를 끄덕였다.

"어머니, 그렇게 하겠습니다. 일단 앉으셔서 말씀 좀 나누세요.
저희가 사이비나 이단 같은 단체는 아닙니다. 중고등학생 전도를
하는 과정에서 잘못 전달된 점이 있었나 보군요. 저희는 성경적 말
씀을 바탕으로 학생들의 아픈 마음을 어루만져주는 전도를 하는
데, 오해 마시기 바랍니다."

"아니, 그럼! 오해 안 하게 됐어요? 이런 자질구레한 물건 판다
고 학원도 안 가는데요."

영순은 탁자를 손바닥으로 쳤다.

"우리 딸 지아 앞으로 여기 오면, 난리쳐서 아주 동네방네 여기
사이비라고 소문낼 테니 다시는 오지 말라고 하세요!"

"어, 엄마…."

영순은 화들짝 놀라서 의자에서 일어나 뒤돌아보았다. 지아가 교복을 입은 채 서 있었다.

"너 학교는 어떻게 한 거야? 담임 선생님한테 오전에 전화 왔어."

"어디 일 보고 다녀오는 중이야."

"어제 전화를 왜 안 받아? 잠은 어디서 잤어?"

"친구네."

"어이구, 이것아!"

영순은 지아의 머리를 손바닥으로 때렸다. 다다다다 때리는데 전도사가 말렸다.

"진정하십시오, 어머니."

"내가 이래서 엄마 싫어하는 거야. 맨날 말로 안 되면 손으로 치기나 하고. 왜 때려! 학대로 신고한다!"

"어허, 그래 신고해라, 신고해. 나도 너 신고할 거다, 이것아. 학생이 학교나 제대로 다녀!"

지아는 영순을 노려보았다.

"흥, 어릴 때 나 누가 데려가는지도 모르고 한눈팔았으면서. 안 그래? 내가 모를 줄 알아? 맨날 동네 아줌마들과 술 마시고 화투 치고 왔잖아."

영순은 파르르 몸을 떨었다.

"그래, 그래서 너 잃어버리고 아빠랑 얼마나 찾아다닌 줄 알아?

누가 먼 동네 경찰서에 데려가 시설에 보낼지 어떻게 알았어! 지금처럼 유전자 검사해 부모 찾아주는 그런 것도 모르던 시절이야! 그래서 간신히 물어물어 시설에 있는 걸 데려왔더니 이렇게 나한테 반항을 해?"

"그때 아주 찾지 말지 그랬어! 그럼 지금 이렇게 싸울 일 없잖아. 나 찾지 마, 이제는."

지아는 뒤돌아 교회를 나갔고 영순은 따라갔지만 놓쳤다. 그날 밤 지아는 집에 들어왔지만, 영순이 무얼 물어도 통 답이 없었다.

그렇게 데면데면한 채로 요 며칠간 살았다. 정말 원수 같은 딸이었다.

지아를 떠올리며 괴로워하던 영순에게 유미가 살갑게 굴었다.

"지아 어머니, 노여움 푸시고 음식 드셔보세요. 그래도 정말 다행이네요. 지아를 찾았다니…."

영순은 유미가 권하는 돈가스를 억지로 포크로 찍어 맛보았다. 바삭한 튀김옷 안에 모짜렐라 치즈가 쫀득하게 씹히면서 부드러움이 느껴졌다.

"맛있네요…. 지아가 어찌나 요걸 좋아하던지. 잘 씹지도 못하는 게 오도독오도독 먹는데, 고기 씹을 때 참 귀여웠어요. 이쯤 엄마 손 그대로 재현해냈네. 너무 튀기면 몸에 안 좋다고 약간 튀김옷 덜 익은 것 같은 말랑한 느낌도 씹히네. 참 잘했다."

"지아 어머니, 말씀 놓으세요."

"그래. 유미야, 고맙다. 우리 지아가 먹던 맛 그대로야. 너무 맛나다."

유미가 영순의 손을 잡았다.

"저도 기억나요. 지아 어릴 적 모습이요."

왕년이모가 말했다.

"그때 그 사건 이 동네에서 얼마나 사람들이 놀랐게요. 저한테도 길 가던 경찰이 물어보고 그랬어요. 그래도 지아 어머니, 다행이에요. 그때는 어떻게 된 거예요?"

영순은 눈시울이 붉어지면서 과거를 기억해 말했다.

"우리 동네에서 멀리 떨어진 공사장 공터에서 노는 걸 어떤 아주머니가 찾았는데, 자기가 사는 먼 동네 경찰서에 데려가서 신고한 거야. 거기다 서류도 뭐가 잘못 전달되서 아동보호시설에 인계되어서 3개월이나 살았어요. 내가 그동안 실종 전단지를 수천 장찍어서 신랑하고 들고 돌아다녔지. 찾아도 찾아도 안 나오니까 지방까지 가서 찾아다녔어요. 전산 처리가 지금 같지 않아서 시설마다 돌아다니면서 아이들을 봤는데 어찌나 눈물이 나던지….어흑흑…."

왕년이모가 영순의 손을 꼭 잡고 티슈로 눈물을 닦아주었다.

"근데요. 그때 만약 안 찾았다면… 지금의 고통은 없는 건가….어흑흑흑…. 그런 생각하면 안 되지만, 지금 사춘기를 심하게 겪는 지아 때문에 내가 너무 힘들어서…."

왕년이모가 한숨을 푹 쉬고 영순에게 권했다.

"그런 생각 말고 어서 지아한테 전화해봐요. 여기 와서 유치원 다닐 때 그렇게 좋아하던 돈가스 먹어보라고 해봐요, 어서."

"전화 올 거예요. 용돈을 넣어주던 통장 체크카드가 내 명의인데, 하도 화가 나고 행동이 못마땅해서 중지해놨어요. 음료수 한 잔 못 사먹을 테니…."

영순이 그 말을 하는데 휴대전화가 울렸다. 트로트 노래가 흥겹게 흘러나왔다.

"여보세요. 지아야, 어디야?"

"아후, 엄마 귀 따가. 나 카드 잘못됐나봐."

"너 엄마 말 안 들어서 중지시켜놓은 거야. 다시 원래대로 쓰고 싶으면, 이제 학교 끝나면 집으로 바로 와. 알았어? 교회 나가는 거 그만해. 대신 학원은 다니고 싶지 않으면 안 다녀도 돼."

"아, 알았어. 배고파. 너무 배고프니까 애들하고 돈가스 먹게 바로 풀어줘."

영순은 잠시 생각하다 말했다.

"그럼 이리로 와. 그래야 풀어준다."

"후우, 그냥 풀어줘. 배고프다니까."

"이리로 와, 어서!"

"엄마 어딘데, 대체? 카드 중지해놓으면 어떡해. 내가 밥을 어떻게 먹고 살아?"

영순은 전화기에 대고 소리질렀다.

"밥 먹고 싶으면 이리로 와! 당장! 그래야 카드도 풀어줘. 여기 전철역 근처에 유미분식 알지?"

"몰라."

"휴대전화 지도 앱에서 찾아봐. 어서 와. 지금 여기서 분식 파티 하니까."

"분식 파티?"

"와서 보면 알아. 어릴 적 네가 그렇게 좋아하던 모짜렐라 치즈 돈가스 있다니까. 먹어보면 알아. 어서 와. 그럼 체크카드 다시 열어줄게."

영순은 휴대전화를 내려놓고 초조하게 기다렸다. 유미가 보기엔 안 올 수도 있겠다 싶었다.

20분이 흘렀다. 왕년이모는 조용히 쿠키와 커피를 마셨다. 영순은 음식에 손을 대지 않고 초조하게 기다렸다. 식은 돈가스를 유미가 다시 덥혀 내오는 순간, 분식집 문이 확 열렸다.

"엄마아! 배고프다니까!"

지아였다. 유미는 어린 지아를 기억해냈다. 양 갈래 머리를 단정하게 묶거나 땋던 지아는 어릴 적 그대로의 둥근 눈썹과 눈 모양 마늘쪽 같은 코, 그리고 오종종한 입술이 그대로였다.

왕년이모가 다가가 손을 덥석 잡으며 웃었다.

"너 지아 맞지? 정말 예쁘게 컸다. 어릴 적 모습 그대로인데?"

"누구세요?"

"여기 있는 사람들은 너 어릴 적 모습 다 알아. 너희 엄마가 얼마나 열심히 힘들게 찾고 다녔는 줄 아니?"

지아는 아, 하는 표정을 지었다. 그 뒤로 친구 두 명이 따라 들어와 조용히 어른들 틈바구니에 섰다. 유미는 그들을 테이블을 주고 앉혔다. 그리고 테이블에 돈가스와 김밥을 놓아주었다.

"지아야, 여기 치즈돈가스 맛있어. 치즈가 끊어지지 않아."

"많이들 먹어요, 지아 친구들."

유미가 음료수를 가져다주었다.

지아는 친구들과 음식과 음료수를 먹고 마시고 나서 영순을 보았다. 영순은 속이 타는지 고개를 돌리고 지아를 쳐다보지 않았다.

영순이 일어났다.

"나 지아랑 또 싸울까 봐 같이 있기 싫네요. 사장님이 저에게 남겼다는 물건이나 보여주세요. 설마 어마어마한 돈 뭐 이런 건 아니죠?"

왕년이모가 코웃음쳤다.

"잘 대접받았으면 됐지. 그런 큰 꿈을 꾸다니, 호호홍."

영순이 설핏 노려보는데, 유미는 주방에서 갈색 종이상자를 두 손에 쥐고 나왔다. 그녀는 지아의 손에 갈색 종이상자를 건넸다.

"열어봐요, 지아 양."

"뭔데요?"

"열어보면 알아요. 그 당시 엄마의 사랑의 크기가 어땠는지."

지아는 상자를 열었다.

그 안에는 실종아동 전단지가 들어 있었다. 영순이 놀라면서 다가왔다.

"아니 이게 왜…."

"유미분식에 전단지 붙이고 매일 확인하러 들르셨잖아요. 제보나 소식 있는지."

전단지에는 어린 지아가 유치원에서 시소를 타고 웃는 모습과 유치원 입학 사진이 있었다.

'아동을 애타게 찾습니다. 제발 도와주십시오.'

그리고 그 전단지 아래에 큰 전지가 두툼하게 접혀 있었다. 지아가 친구들과 넓은 전지를 펴보니 '지아를 찾아주세요. 제보를 적어주시면 사례금을 드립니다'라고 적힌 문구 아래에, 여러 사람이 적은 각종 정보들이 적혀 있었다. 지아를 동네 어귀에서 봤다느니, 학교 근처에서 어떤 아줌마 손을 잡고 갔다느니, 어떤 제보에는 전화번호도 있었다.

유미가 담담히 말했다.

"전화번호까지 적은 제보는 엄마가 얼른 지아 양 어머니께 전화를 걸어서, 어머니가 부리나케 우리 가게로 달려오신 적도 많았어요."

지아는 마음이 뭉클했다. 친구들이 어머, 하는 표정으로 지아의 손을 잡았다. 영순은 말없이 눈물을 흘렸다.

유미는 상자 안에 들어있던 비디오테이프를 꺼냈다. 그리고 가게 구석의 허름한 TV 밑에 있는 비디오 플레이어에 넣고 플레이 버튼을 눌렀다.

TV 〈아침마당〉 프로그램에 지아를 찾아달라고 나온 영순의 모습이 보였다.

"우, 우리 아이 지아를 찾아주세요. 찾아주시면 그 은혜 평생 잊지 않고 사례해드리겠습니다. 저에게 무척 소중한 하나밖에 없는 딸입니다. 제, 제발 찾아주세요. 어흑흑…."

엄마가 우연히 아침마당에 나온 영순의 모습을 녹화한 것이다. 그때 개교기념일이라 집에 있던 유미가 다급하게 비디오 공테이프를 엄마에게 찾아주었다.

비디오 영상을 보던 영순은 손바닥으로 눈물을 훔쳤다. 지아 친구가 다가와 영순에게 티슈를 건넸다. 지아도 눈시울이 붉어졌다.

"지, 아야…."

지아가 눈물을 보이지 않으려 등 돌리는데, 영순이 다가와 끌어안았다.

"이렇게 소중한 내 딸을 그렇게 애써 다시 찾았는데, 엄마가 미안하다…. 어흑흑. 엄, 엄마가 어릴 적 부모님 사랑을 적게 받아서 어떻게 사랑을 줘야 하는 건지 몰랐어. 그, 그래서 너를 그렇게 막

대했나 봐. 미안해. 우리 사랑하는, 하나밖에 없는 내 딸…. 엉엉 엉엉….”

“엄마, 울지 마. 왜 울어.”

“니가 좋아서 예뻐서 울지. 이렇게 귀한 걸 하늘에서 보내주셨나 해서 울지, 훌쩍훌쩍…. 그래서 그래.”

“그만 울어. 나도 미안해. 엄마 말 안 듣고 함부로 학원 빠지고 그래서. 학교도 조퇴 그만할게. 미안해.”

지아는 티슈로 영순 얼굴의 눈물 자국을 세심하게 닦아주었다.

왕년이모가 나섰다.

“다들 여기 유미가 엄마 레시피대로 만든 음식 식기 전에 먹어봐요. 우리 지아, 어서 더 먹어봐.”

지아는 영순과 나란히 앉아서 돈가스와 양배추샐러드 그리고 크림스프를 맛보았다.

“우리 지아가 어릴 적 먹던 맛 그대로예요. 겉은 바삭바삭하고 안에 치즈와 돈가스는 쫄깃하고 야들야들한 맛이 일품이에요.”

영순의 말에 유미는 만족스러운 미소를 짓고 고개를 끄덕였다. 모두들 돈가스를 맛있게 먹었다.

“이 전단지와 가게 안에 붙였던 제보 전지도 모두 엄마가 보관하셨어요. ‘내가 못 하면 너라도 언젠가 돌려드려야 한다.’ 하시면서. 그리고 지아를 찾았는지 정말로 궁금해하셨어요.”

영순은 유미가 내미는 실종 전단지 등이 든 상자를 조심히 받아들었다.

"이제 우리 지아 제가 잘 이끌어줘야겠어요. 후우, 그간 무턱대고 화내고 그랬는데 미안하다, 지아야."

"엄마, 나도 잘할게. 엄마 말 웬만하면 들을게."

"교회 일단 나가지 말아야 한다."

"엄마가 거기 가서 난리를 부려서 창피해서라도 못 나가, 히히."

"고맙다, 지아야. 엄마 말 들어줘서."

영순과 지아의 화해에 유미와 왕년이모는 웃으면서 따뜻한 말을 그들과 주고받았다. 유미는 흐뭇한 얼굴로 주방으로 들어가 다음 음식을 내올 준비를 했다. 지아는 친구들과 돈가스를 다 먹고 분식집을 나섰다.

모짜렐라 돈가스

재료 : 돈가스용 돼지고기(등심), 모짜렐라 치즈, 튀김가루, 빵가루,
　　　달걀, 양배추, 돈가스소스

1. 돼지고기 등심을 칼 손잡이로 두드리면 고기가 납작해집니다. 소
   금을 뿌려 간을 해둡니다.

2. 키친타월로 생모짜렐라 치즈 겉에 수분을 제거한 후에 돼지고기
   중앙에 치즈를 올려 꼼꼼히 말아줍니다. 말아준 돈가스를 랩으로
   싸서 10여 분 이상 가만히 두면 모양이 잡힙니다.

3. 치즈를 감싼 고기를 밀가루와 달걀, 빵가루 순서로 입히고 기름을
   예열합니다.

4. 기름을 160도까지 될 때까지 기다립니다. 빵가루를 조금 넣었을
   때 살짝 내려갔다가 올라오면서 바사삭 튀겨지면 기름이 달궈진
   걸 알 수 있습니다. 적당히 달궈진 기름에 튀김옷을 입힌 고기를
   넣고 튀깁니다.

5. 양배추를 채썰어 곁들이고 돈가스소스를 따로 내줍니다.

03

아내를 간병하는 개떡 남편이 좋아하는 쿨피스

분식집 문이 활짝 열리고 들어서는 남자가 있었다. 유미는 앗, 하는 소리를 입 밖으로 내었다.

유미는 10년 전 개떡이라는 별명이 붙은 아저씨를 알아보았다. 그는 조금도 나이를 먹지 않은 듯 여전히 머리를 올백으로 넘기고 탄탄한 체격에 딱 붙는 셔츠를 입고 있었다. 아마도 셔츠 안에는 하얀 메리야스를 입고 있을 것이다. 짙은 눈썹과 눈매도 그대로였다. 다만 눈빛이 약간 바래진 게 달랐다. 그런 인상에 흐리멍덩한 느낌을 주는, 입꼬리가 처진 입매가 유미 눈에 들어왔다. 기억을 더듬었다.

그는 동네에서 화투를 치거나 술을 마시다가 시비가 붙으면 셔츠를 벗고 메리야스 차림으로 주먹을 쥐고 흔들었다.

엄마는 그 남자에게 '개떡 남편'이라고 별명 지어 몰래 불렀다. 개떡 남편이라는 별명은 얼굴이 못생겨서가 아니었다. 그는 오히려 짙은 송충이 눈썹, 부리부리한 눈, 큰 코에 두툼한 입술에 약간 오래된 영화 나오는 젠틀한 배우 같은 느낌이 있었다.

하지만 행동은 전혀 아니었다. 과거에 카지노에서 일했다는데 지금은 밀려나 작은 도박장이나 다니고, 술 마시다 동네에서 깽판을 부렸다. 게다가 집에 들어가서는 집안 꼬라지 운운하면서 밤에 부부싸움을 하고 가끔 아내에게 손찌검을 하기도 했다.

한 마디로 인성이 개떡이어서 개떡 남편이었다.

유미는 그 개떡 남편을 10년 만에 보자 궁금한 점이 있었다. 유미는 사근사근하게 인사를 했다.

"안녕하세요, 사장님."

"아구, 어찌 김경자 사장님이 먼저 가셔가지고…. 이렇게 안타까운 일이 있을까요. 따님이 많이 크셨네. 그때는 고등학생이었는데."

"저, 사모님은…."

개떡 남편은 입가에 희미한 미소를 지었다.

"저도 작년에 보냈습니다."

"아, 그러셨군요. 어쩌다가…."

"내가 몇 년간 입히고, 씻기고, 먹이고, 콧줄로 식사도 하고, 변

도 다 받고 그렇게 살았죠. 얼마나 아기처럼 이쁜 사람인데요. 그
래도 병원에 안 보내고 내 손으로 어떻게든 돌보려고, 국가 지원받
아 요양보호사 도움도 받고 하면서 돌봤습니다."

유미는 고개를 끄덕이면서 인사를 했다.

"잘 오셨어요. 그간 너무 고생하셨습니다."

"고생하긴요. 아내 우리 순덕 씨가 얼마나 힘들었는데요. 참 이
노래 알아요? 우리 순덕 씨가 좋아하던 노래죠. 이 노래 틀어주면
그렇게 먹기 싫어하던 약도 잘 먹었어요."

그의 휴대전화에서 폴킴의 '모든 날, 모든 순간' 노래가 은은하
게 흘러나왔다.

분식집에 앉아 있던 영순과 왕년이모가 조용히 경청했다.

"자리에 앉으세요. 여기 지아 어머니 합석 괜찮으시죠?"

"아이구, 이런 미인 앞에 앉으려니 영광입니다."

개떡 남편은 너스레를 떨면서 테이블에 놓인 쿨피스를 보고 잠
시 숙연해졌다. 그에게는 사연과 추억이 담긴 음료수다.

유미는 10년 전 엄마가 쿨피스와 함께 종종 간식으로 내주던 개
떡을 떠올렸다.

엄마가 만들어주던 개떡은 쌀가루에 물과 설탕을 넣고 반죽을
하는데, 특히 쌀가루에는 따뜻한 물을 넣어서 익반죽을 했다. 엄마
는 반죽을 주먹만 하게 떼어서 동그랗게 빚어내고, 반죽의 겉면이

마르지 않게 덮개를 덮었다. 그리고 반죽이 어정쩡하게 남으면 두 툼하게 술빵처럼 크게 빚어서 쪄냈다.

가장 나중에 빚은 두툼하고 찌글찌글한 개떡을 진정 개떡이라 면서, 그 떡은 꼭 엄마가 드셨다. 사실 유미는 개떡을 좋아하지 않 았지만 가끔은 엄마가 해주던 그 맛이 그리워지곤 했다. 그럴 때마 다 엄마는 어떻게 아는지 그 떡을 쪄주었다. 가끔 쑥도 넣어 쑥개 떡도 했지만, 보통은 설탕만 들어간 말간 색의 개떡을 만들었다. 엄마가 먹고 싶을 땐 막걸리를 넣기도 했는데, 술빵인지 막걸리 개 떡인지 하는 음식이 나오기도 했다.

엄마는 아침에 쪄낸 개떡을 분식집에서 종종 드셨는데, 개떡 남 편이 오면 쿨피스와 함께 그 떡을 내와 공짜로 주었다.

하루는 유미가 그 이유를 물었다.

"이거 먹고 혹시 정신차릴까 봐서 그러지, 아암."

개떡 남편은 그런 유미 엄마의 마음을 아는지 모르는지 몇 번 개떡을 쿨피스와 공짜 후식으로 먹더니만, 며칠 뒤부터 스리슬쩍 분식집에 나타나 참견을 했다.

"김 사장님, 제가 예전에 업장 크게 운영할 때 이것저것 배운 게 있는데, 음식은 짜게 내시면 안 돼요."

"네? 그럼 어떡해요?"

"그게 좀 싱겁게 슬슬 맛이 들어가서 뭔가 아쉬울 때쯤 음식이 끝나야 다음번에 다시 오죠."

"아, 그래요? 난 또 사장님이 혈압이나 비만 걱정하셔서 하시는 말씀인 줄 알았어요."

그는 사장이라 불러주는 말에 입가에 웃음이 걸렸다.

"그리고 여기 가게 안에 천장에 달린 저 치렁치렁한 거 뭡니까?"

"아, 그거요? 마크라메 매듭공예라는 건데, 실을 사다가 매듭을 계속 만들면 이렇게 그 안에 아이비 화분 넣고 벽이나 천장에 거는 거예요."

"그게 이 가게의 고유 정맛이 담긴 메뉴와 어우러지면 모르겠는데, 정말 밥 먹다 하늘 보면 무슨 당집 온 거마냥 품격이 떨어져 보여요. 안 그래요, 김 사장?"

이런 식으로 참견을 하곤 했다. 유미가 학교 다녀와서 보면 그게 참 불안했다. 시장이나 상가건물에서 잡화점이나 미장원을 여주인이 혼자 하면 동네의 하릴없이 다니는 백수 아재들이 그 가게에 들락날락하면서 남자 주인 행세를 하는 일이 빈번했기 때문이다. 어떤 미장원 사장은 한 남자가 자꾸 치근덕대자 남동생을 불러다 가게에 있게 해서 남자를 쫓아냈다.

그래서 유미는 학교나 학원을 오가다 종종 가게에 들렀다. 하여튼 개떡 남편이 그런 식으로 가게에 붙어 유미가 슬슬 불안해시던 참이었다. 그런데 어느 날부터 분식집에 개떡 남편이 나타나지 않았다. 들리는 소문에 의하면 그의 순종적이고 가련한 아내가 근육이 위축되는 병을 얻어서 그가 간병을 하게 되었다고 했다.

　현재로 돌아온 유미는 음식을 조리하러 주방으로 들어갔다. 잠깐 브레이크 타임에 참석자들은 담소를 나누었다. 개떡 남편은 영순과 왕년이모 수다에 끼지 못했다. 그의 표정이 무표정하게 되고 입매가 처졌다. 개떡 남편은 조용히 가슴 시리던 과거를 돌이켜보았다.

　아내는 어느 날부터인가 매일 아팠다. 아침에 잘 일어나지 못하고 늘 손발이 저리고 잘 걷지 못했다. 손을 떠는 일도 많았다.

　개떡 남편은 선배가 하는 사업장에서 자재 관리 일을 맡아 조금이라도 아내 약값을 벌려고 했다. 아내는 식당 일을 관두고 집에서 드러눕게 되었다.

　"일어나. 나 오늘 쉬는 날이야. 아, 병원 가자고!"

　개떡 남편은 누워 있는 아내에게 윽박질렀다.

　"괜, 괜찮아요. 한의원 가면 돼요."

　"거기가 어디인데?"

　개떡 남편은 아내를 부축하고 집 근처 시장통에 있는 한의원을 갔다. 40대 정도의 남자 한의사가 진료를 보고 있었다. 환자가 꽤 있어 1시간을 기다려 병상에 누웠다. 한의사는 침과 부항을 떠주었다.

　개떡 남편은 아내가 치료받는 중에 진료실로 들어가 한의사에게 대뜸 물었다.

"의사 양반, 왜 저렇게 아픈 겁니까?"

이목구비가 뚜렷한 의사는 고개를 끄덕이면서 말했다.

"그동안 그렇게 보호자 모셔오라 해도 혼자 어렵게 걸어오셨는데 안타깝습니다. 제가 아무리 침과 부항을 놔드려도 일시적이지, 노인병 초기에는 대학병원 가시는 게 맞습니다."

"뭐, 노인병? 너 지금 뭐라 했어? 아내가 치매라도 온 거야?"

"환자분 상태는 지금 대학병원 가셔서 CT나 MRI 검사를 해보셔야 하는 단계입니다."

개떡 남편은 화가 버럭 났다. 하지만 화를 꾹 참고 한의원에서 아내의 팔짱을 끼고 부축해 나왔다. 아내는 신발 하나 신는 것도 버거워해서 개떡 남편이 허리를 숙여 신겨주었다.

"저놈 순 돌팔이야. 암것도 몰라. 내일 나랑 대학병원 가는 거다, 알았지?"

"안 가. 약값 많이 들어."

"들면 뭐! 내가 돈 버니까 괜찮아."

개떡 남편은 그날 대학병원 3곳에 진료 예약을 잡았다. 어찌 된 게 모두 한 달 뒤에나 진료가 가능하고, 근처 신경과 등에서 의사의 소견서를 떼어오라고 했다.

진료받는 날 가서 각종 검사를 예약했다. 아내는 날이 갈수록 야위어가고 걸음이 힘들어졌다.

검사결과가 나왔다. 아내는 노인병 중기 진단을 받았다. 뇌세포가 많이 기능을 못해 걷기나 말하기가 눈에 띄게 부자연스러워질 거라는 설명이었다.

"그럼 의사 선생님, 어떻게 해야 합니까?"

"처방해드리는 약을 드시고 도파민 등의 부족한 신경전달물질을 보충해드리면 다소 나아집니다. 근육이 강직된 것도 점차 풀릴 겁니다."

"치매입니까?"

"아직은 괜찮지만, 병이 진행될수록 동반되기도 합니다."

"당신이 뭘 알아요? 내 아내, 치매는 안 와요."

그러고 호기로운 척 병원을 나섰지만, 아내는 여전히 걷기를 힘들어하고 기억력도 나빠져갔다. 방 안에 눕는 시간이 많아졌다. 의사의 말과는 달리 약을 먹어도 차도가 없었다.

개떡 남편은 시장의 단골 반찬가게 사장에게서 노인장기요양보험에 가입하는 방법을 전해듣고 보험공단에 신청했다. 낮에 요양보호사가 집에 오면서 다시 일을 나갈 수 있게 되었다.

그는 주야로 일했다. 낮에는 자재 관리, 밤에는 건물 경비원으로 일하면서도, 아내에게 좋다는 약재를 알아보고 이름난 한의사나 명의를 검색했다. 새벽에 잠깐 들어와 아내를 살피면 늘 잠을 설치면서 잠꼬대를 하는 걸 보았다.

"어구야, 여보야…. 나 좀 살려라…."

아침에 일어나 무슨 꿈을 꾸었는가 물으니 저승사자가 왔다가 갔단다. 개떡 남편은 화를 내고 싶었지만 참았다.

"무슨 헛소리야. 그런 게 어딨어."

그렇게 말했지만, 개떡 남편의 마음은 타들어갔다. 아내가 죽을 지도 모른다는 무서운 생각이 들었다.

그는 그 시절 힘들 때마다 종종 유미분식에 들러 음식을 시키고 쿨피스를 얻어 마셨다.

음식이 입에 잘 들어가지 않으면 쿨피스만 주문해 마셨는데, 엄마는 그럴 때마다 공짜로 예쁜 유리잔에 음료수를 주시고 개떡을 내와 드시게 했다.

어느 날인가 그가 분식집 마감하기 직전에 와서 쿨피스를 시켰다. 그는 이야기를 들어달라고 부탁했다. 엄마는 개떡 남편의 맞은편에, 유미는 대각선 자리에 걸터앉았다.

개떡 남편은 쿨피스를 단숨에 마시고 눈시울이 붉어지더니 아이처럼 엉엉 울었다.

"이제 의사가 포기하고 요양병원이나 알아보라는데, 아니 어떻게 그렇게 예쁜 아내를 보낸단 말입니다. 아암, 안 되고 말고요. 제가 소싯적에 일 보느라 고생만 시키고 그렇게 개차반처럼 살면서 아내를 힘들게 하고, 정말 이제는 내가 죽어서도 아내에게 용서가 안 됩니다. 안 되고 말고요! 어엉엉어어어어어엉…. 내가 얼마나 나쁜 놈인 줄 알아요? 아내가 대학병원서 병을 진단받기 전에 언젠가 오다가다 알게 된 여사님과 춤 배운다고 낮이고 밤이고 지루박 자이브 배우러 다니는데, 아내가 절룩이면서 우산을 짚고 찾아왔어요. 그땐 그게 어찌나 창피하던지 집으로 돌아가라고 고래고래 소리지르고…. 엉엉엉…. 여사님 댄스화는 사주면서 아내가 그렇게 좋아하던 아구찜 한 번 사주는 것도 아깝고 그랬답니다. 흐흑흑…. 그런데 아내가 이렇게 아프니 모든 게 다 쓸모없어요. 아내가 그냥 내 옆에 있기만 해도 좋겠어요."

"으이구, 그러게 좀 잘하지 그랬어요, 사장님. 그런데 사모님은 왜 아프신데도 춤추는 데 가보신 거예요? 걱정돼서요?"

"아니요. 제가 춤추는 게 멋져보일 것 같아서 물어물어 사교댄스장을 찾아왔답니다. 그 불편한 걸음을 하고요."

유미는 빈 쿨피스 잔에 쿨피스를 채우려는데 엄마가 말렸다. 엄마는 냉장고에 보관해둔 막걸리를 내와 조금 따라 주었다.

"이거 마셔봐요."

개떡 남편은 손사래를 쳤다.

"아, 안 됩니다. 이제는 술 끊었어요. 누운 아내 눈 보고 다짐한 겁니다. 다시는 안 마셔요. 쿨피스 조금만 더 주십시오."

"그래요."

엄마는 막걸리 대신 개떡을 내와 권했다.

"이거 좀 더 들어요."

"흐흑, 고맙습니다, 사장님."

"그래도 요즘은 요양병원도 시설도 좋다는데, 이렇게 힘들어하시면….."

"뭐라고요!"

개떡 남편은 갑자기 큰소리를 냈다.

"이 아줌마야! 어디 함부로 입을 나불거려! 왕년에 내가 어떤 사람인 줄 알아?"

유미는 너무나 놀라 온몸이 얼어붙었다. 엄마에게 주먹이라도 휘두를까 봐 112에 신고부터 할 참이었다. 엄마는 조용히 고개를 숙이면서 개떡 남편에게 고개 숙여 사죄했다.

"아이구, 죄송해요, 사장님. 제가 잘못했어요. 노여움 푸세요."

"사장님, 내 얘기 들어줘서 너무 고마운데, 그래도 그딴 소리를 왜 들먹여? 내가, 내가 죽기 전까진 요양병원 절대로 못 보내. 다시 한번 내 앞에서 요양병원 얘기 꺼내면 알죠? 나 성질머리 어떤지 잘 알죠? 진짜 다신, 다시는 그런 말씀 마세요!"

"알죠, 압니다. 죄송해요."

개떡 남편은 가게 문에 주먹을 박아 유리를 깨고는 그대로 마구 달려나갔다. 그의 고함이 요란하게 들려왔다.

"엄마! 엄마! 괜찮아!"

유미는 덜덜 떠는 엄마를 껴안고 전화기를 찾는데, 엄마가 오히려 유미를 말렸다.

"신고하지 마. 오죽하면, 얼매나 괴로우면 저러겠냐."

"엄마, 뭐가 괴로워. 맨날 아줌마 힘들게 하고 동네에서 개차반 으로 살던 사람인데…. 엄마도 개떡이라고 불렀잖아! 신고해서 다 시는 여기 발도 못 붙이게 해야지."

"자존심 하나로 살던 양반인데 이렇게 해놓고 창피해서 어떻게 오겠냐. 걱정 말아. 것보다 내가 더 미안하다. 그렇게 병원 보내기 싫어서 손수 간병한다고 울부짖는 사람에게 그런 말실수를 했 으니…."

엄마 말대로 그 개떡 남편은 다시는 오지 않았다. 들리는 말에 그는 아내의 병을 고치려 양의학, 한의학, 대체의학… 가리지 않고 전국에 이름난 의사들을 찾아다닌다고 했다. 그렇게 그는 유미분 식에 발길을 끊었다.

유미는 과거 기억을 떠올리고 작게 한숨을 쉬었다. 그리고 개떡 남편에게 물었다.

"아저씨, 사모님은 어디에 모셨어요?"

"우리 부모님 곁에 있지. 맥주 있나? 이제 아내도 갔으니 한잔 은 괜찮은데. 말년에 잊히지 않는 게 있어."

유미는 고개를 저으며 쿨피스를 한잔 따라주었다. 그는 사람들 앞에서 쿨피스를 단숨에 마시고 말을 털어놓았다.

"재작년이던가. 아내는 가기 전 며칠까지도 정신이 좋았어. 그 런데 말을 잘할 수는 없었거든. 늘 제자리인 거야. 병원을 다녀도 자연으로 낫게 해준다는 의사가 침과 부항을 떠도. 결국 집에서 내가 콧줄로 밥 먹이고 기저귀 갈고 그게 일상인 거야. 그런데 어느 날 처제와 보험설계사 친구가 찾아왔어. 요양보호사까지 있었지. 후우, 젠장."

개떡 남편은 그날을 떠올렸다.

아침부터 아내가 식사를 거부하고 인상을 찡그리면서 무언가 휴대전화로 낑낑대면서 간신히 문자를 보냈다. 띄엄띄엄 단어를 보내도 제스처와 눈빛만으로도 그는 아내의 뜻을 이해했는데, 그날은 좀 이해할 수 없는 행동을 보였다.

오후에 처제가 아내의 친구로 보험설계 일을 하는 사람과 왔다. 마침 요양보호사도 있던 시간이라 그렇게 마주하고 간식을 들면서 아내가 동생과 친구와 이야기하는 걸 듣고 있었다. 그도 수다를 엿듣는데 아내가 커피라도 사오라고 해서 잠깐 나갔다 왔다.

그런데 화제가 요양병원으로 바뀌어 있었다.

"언니, 요즘은 병원도 시설도 좋고 환자를 가족처럼 생각하고 보험도 다 입원한 만큼 보험비가 지급된다니 들어가도 돼."

동생의 말에 아내는 침상에서 고개만 주억거렸다. 보험설계사 친구가 거들었다.

"사장님도 마침 들어오셨으니까 말씀드리는 건데요. 아무리 집에서 잘 간병한다 해도 병원에서는 의사 간호사가 있어 제때제때

처치도 가능하고, 투약이나 시술이 철저해요. 집에서 하면 콧줄 소독도 확실치 않고요. 그리고 집에서는 환자분이 집 밖에 갈 데도 많지 않지만, 병원에서는 산책로나 휴게실에 휠체어 타고 나가 쉴 수도 있고 그렇죠. 무엇보다 환자분들에 맞게 재활 치료도 잘할 수 있어 좋지요."

요양보호사도 한 몫 거들었다.

"여기 보호자 사장님 계셔서 저도 드리는 말씀인데, 요즘은 병원에 계시는 것도 그렇게 나쁘지 않아요."

여자들이 이렇게 말을 병원에 모시자는 걸로 이어가자 개떡 남편은 화가 버럭 났다.

"이 아줌씨들이 보자보자하니까…. 이거 봐! 이렇게 예쁜 사람을 어디다 밖에 내다버리라는 거야? 응!"

개떡 남편은 홧김에 간식을 놓은 교자상을 엎었다. 처제와 친구는 소리를 지르면서 허둥지둥 인사도 하는 둥 마는 둥 뛰쳐나갔다.

아내는 고개를 돌리고 눈물 고인 눈을 질끈 감았다. 나중에 들은 소리로, 아내가 먼저 문자로 자신을 병원에 보내 남편을 해방시켜 달라 부탁해서 여동생이 꾸민 일이었다.

남편이 이런 아내의 의중을 알게 되어 결국은 아내를 요양병원에 입원시켰지만, 두 달을 못 넘기고 다시 집으로 데리고 와서 자신이 스스로 간병했다.

개떡 남편은 아내가 힘들어할 때마다 무릎을 꿇고 간병했다. 아내는 일어나라 눈짓을 했지만 그가 도리질쳤다.

몇 년 전이던가, 그는 친구의 꼬임에 빠져 단란주점에서 놀다가 빚을 졌다. 외상값이 자그마치 500만 원이 넘었다. 그는 모르쇠로 일관하고 도망쳐 다녔지만, 아내 귀에도 그 이야기가 들려왔다. 개떡 남편은 그때 그 일을 아내의 장례식보다 더 생생하게 기억했다.

아내는 어떻게든 마련한 300만 원을 봉투에 넣어서 주점 사장에게 건네주고 빚을 탕감해달라고 무릎을 꿇고 빌었다. 그 소식을 친구를 통해 듣고 그는 바로 달려갔다. 화가 나서 주점을 통째로 부숴버리려는데, 아내가 한사코 말리고 같이 꿇어앉고 빌라고 했다. 그는 같이 빌어서 빚을 탕감받았다. 그날 일로 아내에게 두고두고 미안해했다.

그 일은 그를 조금씩 변하게 했다. 일자리를 적극적으로 찾으면서 이제 행복하게 살자 다짐했다. 하지만 아내는 점점 몸을 가누기 힘들어지고 침대에 누워 있게 되었다. 아내를 간병하면서 그는 무릎을 꿇고 사죄하는 시간을 이틀마다 두었다. 그만큼 죄만 지은 그였다.

"사랑해요, 순덕 씨. 사랑해요. 그간 내 잘못 모두 빌어요."

아내는 말없이 눈시울이 붉어졌다. 그는 아내의 손을 꼭 잡고 다짐했다.

"내가 낫게 해줄게. 걱정 마."

아내를 회상하던 개떡 남편은 쿨피스를 시원하게 한 컵 마셨다.

"순덕이는 날이 가면 갈수록 콧줄로도 식사를 못하고 뱃줄을 수술받을 지경이 됐어요. 먹지를 못하니 온몸이 빼빼 말라가는데, 그걸 보는 내 속도 속이 아니고, 간병도 해야 하니 소주 한잔 마시지도 않았지. 후우…."

그는 잠시 침묵하다가 울먹거렸다.

"그러다가 어느 날 감기에 걸렸어. 기침이 안 멈춰서 중환자실 입원했는데, 그만 일주일 넘기고 폐렴으로 도져서… 갔어. 그렇게… 그렇게 그 이쁜 사람이 하늘로 간 거야, 어흑흑흑…."

개떡 남편은 과거 아내가 온전한 정신일 때 유언하듯이 남긴 말을 기억해냈다.

"여보, 민성이 아버지, 그렇게 어디 가서 술 잡숫고 화내고 그러지 말고…, 남이 들으면 불편한 말이나 이상한 말들 내뱉지 말고…. 그렇게 살아요. 내 부탁이에요."

아내는 파리한 얼굴로 그렇게 조곤조곤한 목소리로 말했다.

개떡 남편은 작게 숨을 내쉬었다.

그런 아내였다. 자신이 그렇게 행패를 부려도 받아주는 어머니 같은 위대한 아내였다. 그 아내의 진가를 뒤늦게 알아보고 밖으로 돌면서 사고나 치던 자신에 비하면 참으로 고귀하고 아름답고 대단한 사람이었다. 개떡 남편은 닭똥 같은 눈물을 손으로 닦아냈다.

이야기를 듣던 사람들은 저마다 한숨을 내쉬거나 고개를 돌리거나 위로의 말을 건네거나 개떡 남편의 손을 잡아주거나 했다.

지아 엄마 영순이 한 마디 했다.

"그러게 왜 병 걸리기 전에 그렇게 모질게 술잡시고 했다요."

개떡 남편은 엉엉 울다 영순의 말에 눈을 부라리며 일갈했다.

"그러게. 그렇게 천하의 나쁜 놈이 아내 아프고 나서 정신이 든 거지. 그게 뭐, 이런 인생 저런 인생 있는 거지. 안 그래요? 아줌마 는 그렇게 어렵게 찾은 딸과 왜 그리 사이가 안 좋아요, 네?"

영순은 화를 내려다가 개떡 남편 기세에 눌려 수그러들었다. 좀 전에 있었던 일을 왕년이모와 수다 떨면서 이야기를 이어나갔는데 그가 다 들은 것이다.

유미가 주방에서 방금 쪄낸 개떡을 내왔다. 왕년이모가 화들짝 놀라면서 반색했다.

"어머나, 이거 쑥 없이 찌는 거 여기 돌아가신 사장님 주특기인 데. 정말 이거는 어디 가서 돈 주고도 못 사. 만드는 사람이 거의 없으니까. 다들 쑥을 넣잖아. 그래서 이건 맛이 달라. 이게 정말 그 리웠거든."

왕년이모는 네일에 달린 큐빅이 번쩍이면서 떡을 입에 가져가 오물오물 먹었다.

개떡 남편도 개떡을 비롯해 차려진 음식들을 하나씩 맛보다가 쿨피스를 한 잔 더 마셨다.

"내 마음 알아주는 건 이제 보영 씨밖에 없다오."

왕년이모가 긴 손톱으로 테이블을 딱 치고 물었다.

"그새 재혼했어요? 대단하시네요, 정말."

"우히히히히, 사진 좀 봐요. 우리 보영이 사진."

개떡 남편은 휴대전화 갤러리 사진을 보여주었다. 털이 부숭부숭한 포메라니안이 리본핀을 꽂은 채 개떡 남편 품에 안겨 있었다.

"아는 사람이 못 키운다 해서 데리고 왔는데, 나 산에 갈 때도 근처 슈퍼 갈 때도 내 품에서 떠나지 않아. 이제 개아범이지, 뭐. 엄마가 아픈대도 잘 와보지도 않는 애들보다 훨 낫수다."

개떡 남편은 품에서 편지봉투를 꺼내 유미의 손에 쥐어주었다.

"유미야, 어머니 가셨을 때 찾아오지도 못해서 미안하다. 이거 유리값이랑, 그동안 힘들 때마다 공짜로 얻어먹은 개떡과 쿨피스 값이다."

"아, 아니요. 괜찮아요. 사장님."

"사장은 무슨. 내 별명 나도 알아. 이거 얼마 안 돼. 20만 원이야. 마음이라고 생각하고 받아줘라. 안 받으면 우리 마누라가 하늘서 화낸다. 갈 때 신세진 사람에게 다 갚으라 했거든."

유미는 하는 수 없이 봉투를 받았다.

다들 자신이 키우는 반려동물 이야기를 할 즈음, 유미가 다시 주방으로 들어가려는데 이때 영순이 물었다.

"저 사장님한테는 남긴 물건 없어요? 나는 실종 전단지 받았잖아."

개떡 남편 눈이 동그래지는데 유미가 말했다.

"모두 오시고 나서 말씀드릴 게 있어요."

그 말에 다들 호기심 어린 표정으로 개떡을 집어들고 맛있게 먹었다.

유미분식의 레시피

쿨피스

복숭아향이나 파인애플향 등을 가미한 유산균 음료입니다. 유산균 배양액에 설탕, 합성착향료, 아스파탐을 가미해 만드는데 유산균이 굉장히 적은 점이 기존 요구르트와 다릅니다. 1980년대부터 제과기업에서 만들었는데 지금도 저렴한 가격에 매운 맛을 중화시켜주는 효과가 있어 분식집에서 콜라만큼 인기있는 음료수이기도 합니다.

초등학생 때 쿨피스를 얼려 먹지 않은 학생이 없을 만큼 가정에서도 자주 먹는 음료인데 쥬시쿨 등 다른 이름의 음료수도 많지만 맛은 대동소이하죠.

한국의 거의 모든 떡볶이 가게에서는 쿨피스를 세트 메뉴에 포함시켜 놓았습니다.

필자는 어릴 적 더운 여름날 쿨피스 200ml를 냉동고에 넣고서 숙제를 마친 후 꺼냈죠. 언 쿨피스를 티스푼으로 떠 먹었습니다. 차갑고 사르르 녹는 새콤달콤한 맛을 아직도 잊지 못합니다. 동생들이 먹을까 봐서 얼마나 안절부절못했는지, ㅎㅎ 지금은 모두 추억입니다.

개떡

재료 : 쌀, 설탕, 물

1. 쌀을 하룻밤 불려서 물기를 뺀다음 방앗간에서 소금을 넣고 빻아줍니다.
2. 빻아온 가루를 뭉개서 설탕을 쌀가루의 3분의 1만큼 넣어준 후, 뜨거운 물을 넣어가면서 반죽을 합니다.
3. 골고루 치대면서 반죽하고 나서 겉이 마르자 않게 비닐로 덮어둡니다.
4. 30여 분 후에 반죽을 하나하나 떼어서 손바닥에 올려 둥글넓적하게 미니 호떡처럼 만들어 찜기에 넣고 15분간 찝니다.
5. 익은 개떡에 물과 섞은 참기름을 살짝 발라주면 완성입니다.

생각보다 떡을 찌는 일이 힘이 드니 시중에서 사서 드실 것을 권장합니다. 그만큼 우리 어머니들은 위대하신 분들입니다.

04

은둔 청년의 최애 떡튀순 세트

유미는 주방에서 요리를 받아서 쟁반에 들고 나왔다. 그녀는 왕년이모 앞에 서서 덮개를 열어달라고 했다.

"이게 뭘까? 어머나, 우리 아들이 좋아하던 떡튀순 세트 아냐? 아이구, 우리 대호도 같이 왔으면 좋았을 텐데."

유미가 김이 모락모락 나는 고추장 양념이 고루 밴 떡볶이와 바삭바삭 바로 튀겨낸 오징어와 달걀, 새우, 채소, 고구마, 가지 등의 튀김과 순대를 내려놓았다.

"대호 안 오는 거예요?"

"이따 온다고는 했는데…. 늦네."

"지금은 어떻게 지내요?"

"어 그게 저…. 일단 맛이나 보자고요들. 내 아들 이야기는 나중에 할게, 호호홍."

왕년이모는 떡볶이 국물을 맛보면서 코를 벌름거렸다.

"아휴, 여기는 무, 꽃게 그리고 북어 대가리도 써서 육수를 내서 정말 칼칼하고 맛있어. 단맛도 올리고당으로 해서 부담 없고 맛있고 말이지. 흐음, 역시 이 맛이야. 이렇게 정성 들여 만드시다 고생하셔서 일찍 가셨나 싶다. 유미야, 언니 제삿날에 나 불러줘. 언니 제사상에서 이것저것 대화 나누고 싶다. 우리 아들 대호 여기 음식 얼마나 좋아했니? 다 유미분식 언니 손맛 덕이야."

유미는 10년 전 일을 떠올렸다.

엄마가 주방에서 바쁠 때면 유미는 홀 서빙을 맡아 주방에서 막 나와 김이 모락모락 나는 떡볶이와 튀김 같은 음식을 손님들에게 가져다주었다.

"올 때가 됐는데…."

유미는 늘 오후 다섯 시 정도에 오던 손님을 기억했다. 덥수룩한 앞머리로 이마를 덮어서 눈이 잘 안보이는 남자는 유미와 비슷한 나이 같은데, 낡은 추리닝에 더운 날에도 두꺼운 점퍼를 입고 분식집에 왔다. 중간 키에 무척 마른 체구였고 앙상한 발목이 슬리퍼 위로 드러나 있었다.

"저어기…."

"네, 뭘로 드릴까요."

"떡…튀…순 세트요."

유미는 말없이 떡볶이와 어묵을 잘 섞은 후에 1회용 포장 용기에 1인분을 올리고 썰은 파와 깨를 뿌렸다.

"튀김은 어떤 걸로 드릴까요?"

"저… 원래 주시던 대로요."

유미는 오징어, 새우, 채소, 고구마, 달걀 등 튀김을 종류마다 하나씩 튀김기에 넣어 바삭하게 튀겨냈다. 그리고 마지막으로 순대를 썰어서 포장용기에 넣어 그에게 들려주었다.

"3천 원입니다."

남자는 늘 돈을 맞게 준비해서 건네주었다. 어떤 때는 동전도 섞여 있었다. 남자는 떡튀순 세트를 받아들고 빠르게 걸어 골목을 빠져나갔다.

그 남자와 다시 마주친 곳은 눈썹 문신이나 실 면도 등의 미용 시술을 주로 하는 작은 미용숍에서였다.

10년 전의 왕년이모는 엄마 가게에 자주 오는 멋쟁이 아줌마였는데, 왕년에 크게 음식점을 해서 잘살았었지만, 사기를 당해서 겨우 작은 아파트 하나 건져 아들과 살면서 청소나 식당 일을 하고 있었다. 긴 속눈썹에 잘 손질된 손톱을 자랑스러워했는데, 엄마가 일하는 데 방해되지 않느냐고 물으면 "전혀"라고 답하는 분이었다. 그 왕년이모가 눈썹 미용숍에서 자꾸 만나자고 해서, 그날은 가게를 일찍 닫고 유미와 가는 참이었다.

오피스텔 10층에 있는 사무실 문을 열자 할머니 예닐곱 분이 앉아 수다를 나누는 가운데에 왕년이모가 누워 속눈썹 시술을 받고 있었다.

"어서 와, 유미분식 언니야. 나 속눈썹 시술 끝나면 언니도 눈썹 문신해. 우리 귀여운 딸랑구 유미는 실면도도 하고. 좀 있다 우리 아들도 눈썹 문신하러 오니까 얼른 해야 해."

"나 그냥 구경 온 건데 눈썹 문신은 무슨…."

"유미 언니, 내가 돈 낼 테니까 그냥 받아. 평소에 넘 고마워서 그래. 너무나 밥도 맛있게 해주고 그래서."

"고맙긴…."

미용숍 사장이 말했다.

"자, 실면도가 빠르니 딸 먼저 누워요."

유미는 얼결에 방바닥에 드러누웠다. 엄마의 눈썹 문신은 시간이 넉넉하게 필요하니까 유미의 얼굴을 굵은 실로 털 제거를 해준다고 했다. 액면가 70세는 됨직해 보이는 미용숍 사장님은 너스레를 섞은 입담으로 구경 온 할머니들을 웃겨가면서 두꺼운 실을 들어서 팽팽하게 잡아당겼다.

"학생이야?"

"네, 고등학생이요."

"솜털이 보송보송한데 그것만 제거해도 얼굴 하얘져. 자, 들어

간다.”

미용숍에서는 이적의 ‘걱정 말아요 그대’가 은은하게 흘러나왔
다. 할머니들의 하하호호 웃는 수다 속에서 유미는 얼굴에서 털이
뜯기는 아픔을 느끼면서 아아, 했다.

“자, 됐다. 이번에는 엄마가 예뻐질 차례. 유미분식 사장님, 여
기 누워요.”

엄마가 드러눕는데, 갑자기 문이 열리면서 덥수룩한 앞머리를
내린 남자가 들어섰다. 유미네 가게에서 떡튀순 세트를 종종 사가
는 남자였다.

“히익!”

유미가 그를 보고 깜짝 놀랐다. 그런데 왕년이모가 얼른 달려나
가 남자의 손목을 잡아끄는 것이었다.

“우리 아들 강대호. 지금 공부를 너무 잘해서 학교를 쉬고 검정
고시로 바로 대학 갈 준비하고 있어요.”

오잉, 강대호! 유미는 중학교 때 같은 반 친구 강대호를 그제야
알아보았다. 그러니까 그는 중학교 3학년 때던가 같은 반이었는
데, 그때 반에서 일진 권오영이 엄청나게 괴롭히던 아이들 중 하나
였다.

마른 몸을 트집 잡아서 멸치남 강대호, 강멸치, 멸치조림으로
부르면서 놀리고 빵 셔틀 시키고 돈을 뜯곤 했었다. 고등학교에 진
학해서도 같은 학교가 된 권오영이 엄청나게 괴롭혀서 학교를 쉰

다는 소문이 들리기는 했다.

강대호가 유미와 눈이 마주치고 어쩔 줄 모르는데, 왕년이모가 그의 손을 잡고 방바닥에 앉혔다.

"우리 아들이 검정고시를 집에서 준비해서 집밖에 잘 안 나와. 그런데 유미분식 떡튀순 사먹으려고 한 번은 나오기도 한다니까? 그러니까 얼마나 고마워. 내가 유미 언니 눈썹 문신 해줘도 되지? 우리 아들도 눈썹 문신해서 이 잘생긴 얼굴 보이게 앞머리 좀 깠음 하는 맘에 불렀어."

강대호는 말없이 조용히 앉아 있었다.

미용숍 사장님은 거북이의 '비행기' 노래가 경쾌하게 나오자 엄마의 눈썹 부분에 문신용 칼을 대고 세밀하게 눈썹털을 그려나 갔다.

"디자인 안 잡아도 돼요?"

엄마가 걱정하자 사장은 껄껄 웃었다.

"내 손경력이 몇 년인데요. 분식집 사장님이시라고 했죠? 걱정 마세요. 이제 사장님 예뻐져서 김밥 하루에 100줄씩 더 팔려, 호호 홍~."

유미는 천천히 강대호 옆으로 가서 앉아 인사를 했다.

"강대호, 나 기억 안 나? 중학교 때 같은 반 황유미."

일진 권오영은 유미에게는 황새라는 별명을 붙이고 나서 강대 호 멸치를 잡아먹으라고 놀려댔다. 대호는 답이 없었다.

"우리 가게 와서 왜 아는 척 안 했어?"

강대호는 유미가 조용히 묻자 천천히 말했다.

"그냥, 귀찮아서."

왕년이모가 두 손에 코코아를 탄 잔을 들고 다가와 유미와 대호에게 하나씩 건넸다.

"둘이서 동갑이지? 친하게 지냈으면 좋겠는데. 대호가 만날 친구가 많이 없어서…."

왕년이모는 이 말을 하면서 대호 눈치를 살폈다. 대호는 불쑥 코코아를 내려놓고 일어났다.

"나, 나 가볼 데가 있어서. 엄마, 나 간다."

대호가 그 말을 남기고 미용숍을 뛰쳐나가는데 할머니들이 화들짝 놀라서 길을 비켜주었다.

"아이구, 우리 대호. 어쩔 거야, 정말."

눈썹 문신을 마친 엄마가 왕년이모를 달래주었다.

"대호가 중학교 때 친구들을 잘못 만나서 엄청 놀림당했다는데, 고등학교 자퇴하고 지금 골방에 틀어박혀서 종일 어딜 안 가. 하다 하다 여기 불러냈는데, 저렇게 삐지면 며칠 동안 방 밖으로도 안 나와."

"그럼 밥은?"

"나 일 보러 나가면 냉장고 뒤지든가 아니면 유미분식 가서 그 떡볶이 세트 사다 먹는 거지. 그게 가장 빠르게 포장해올 수 있어서 그거 사서 먹는 거야. 아이구, 아무리 자식이라지만 내가 저걸 언제까지 끼고 살아. 다른 애들은 대학 갈 준비하고 직업 찾아서 잘만 살던데. 결혼까지는 바라지도 않아. 밖에 나가서 사람들하고 어울리는 걸 일주일에 몇 번이라도 봤음 좋겠어."

엄마는 미용숍을 나와 왕년이모와 맥주 한잔하고 간다면서 유미를 먼저 집으로 돌려보냈다.

그날 밤 엄마는 유미의 방에 들어와 부탁했다.

"유미야, 이모네 아들 강대호인가 걔, 알던 사이지?"

"응. 중학교 때 같은 반이었어."

"대호랑 친하게 지내봐. 이모가 걱정이 많아. 왕년에 장사하다가 아들 교육 소홀한 건 아닌가 후회하더라."

"엄마 술 마셨어?"

"아니, 눈썹 문신하고 어떻게 마셔. 그냥 커피만 마시다 왔어."

"알았어. 대호 가게 오면 말은 좀 해볼게."

이틀 후 유미는 엄마에게서 대호의 전화번호를 알게 되었다. 왕년이모가 특별히 부탁하더라면서 유미에게 전화번호도 알려주고 용돈도 봉투에 넣어 건넸다.

유미는 봉투에 든 10만 원을 보고 엄마에게 돌려주었다.

"좀 부담되는데."

"그냥 받아. 이모가 주는 용돈이래."

"아, 알았어."

유미는 그날 밤 방에서 돈이 든 봉투를 잠시 노려보다가 대호에게 톡을 보냈다.

- 안녕. 나 황유미. 그날 갑자기 가서 연락했어. 번호는 아줌마 통해 알았다.

답은 오지 않았다.

"흐음, 읽씹이네."

5분 후 유미가 SNS 앱을 열려는데, 톡이 왔다.

- 우리 엄마가 부탁하는 거면 연락 안 했음 좋겠는데.

유미는 손가락으로 책상을 톡톡 치며 고민하다가 답을 썼다.

- 부탁보다는 용돈도 주셔서. 돌려드려도 안 받으신다는데.

- 네가 알아서 써.

- 야, 백화점 건너편에 도깨비 시장 알지? 백제 토성 근처. 거기서 같이 써버리자.

- 응? 시장?

- 그래. 우리 예전에 다니던 중학교 근처 말이지. 이것저것 사거나 먹으면 되지 않을까. 돌려드린대도 안 받으신대.

답장은 오지 않았다. 유미는 참고서를 펴고 숙제를 하고 있는데, 한 시간 후에 답이 왔다.

- 언제?

며칠 후 토요일 유미와 대호는 시장 입구에서 만났다. 봄바람이 살랑이면서 햇살이 환하게 비추었다. 토성에는 새순이 돋고 개나리가 피어 있고 나뭇잎들은 파릇파릇 돋아났다.

대호는 검은색 후드 점퍼를 머리에 덮어쓰고 마스크를 쓰고 나왔다.

"야, 모자 좀 벗어. 안 더워?"

"이 시간에 나오는 건 처음이라. 너무 환한데? 눈 부셔."

"그렇구나. 시장 구경이나 가자."

시장에는 생선가게, 채소가게, 과일가게, 잡화점들이 즐비한 가운데 살아 있는 생선이 팔딱팔딱 뛰고, 알록달록 과일들이 한아름씩 진열돼 있고, 양말과 속옷들이 가게 입구 마네킹에 입혀져 있었다.

유미는 봉투에서 돈을 꺼내 오렌지도 사고 화장품도 사고 양말도 샀다. 대호는 필요한 게 없다고 했다가, 유미가 돈을 건네자 문구점에서 노트, 볼펜, 샤프를 샀다.

쇼핑을 마친 둘은 중국집에 들어가 2천 원 짜장면을 먹고 탕수육도 추가로 시켰다.

"떡튀순 세트 아니라 좀 그런가? 그거만 좋아하잖아."

대호가 탕수육을 먹다가 사레가 들렸다. 유미는 콜라를 따라주었다.

"아니, 그 음식이 가장 빨리 살 수 있으니까. 사람들 얼굴 안 보고 얼른 사서 집으로 올 수 있으니까 산 거야."

"헤에, 정말 그 이유뿐이야?"

"아니, 맛있기도 해."

"헤헤, 그렇군. 그 떡볶이 내가 만들기도 하는데. 맛있다니 다행이구만."

유미와 대호는 식사하고 나서 카페로 가서 바다라떼와 아이스티를 하나씩 사서 들고는 토성에 올라 걸었다. 그러다 잔디밭 벤치에 앉았다.

유미가 조심스레 물었다.

"요즘 뭐하고 지내?"

대호는 천천히 답을 했다.

"고등학교 관둔 거 알지?"

유미가 바다라떼를 한 모금 마시고 고개를 끄덕였다.

"검정고시 준비한다고는 하는데, 사실은 그냥 게임하고 커뮤니티 들락날락해."

"난 학교랑 학원, 그리고 가게 알바해. 취미는 딱히 없는데 그냥 동물 보호 동아리 들어가서 학교에서 고양이 사료 주는 거 하고 있어."

대호는 아이스티를 마시며 말했다.

"시장에 다니는 사람들은 정말로 활기차다."

"그러네. 너 앞으로 나한테 가끔 연락해라. 궁금하니까."

대호는 조심스레 말했다.

"혹시 내가 불쌍해서 그런 거면 안 그래도 돼. 나 보기보다 잘 견뎌."

유미는 픽 웃었다.

"나도 친구 없는 아싸(아웃사이더)라 그래. 끼리끼리 뭉치자구."

그날 대호와 유미는 주먹을 맞대고 서로를 격려했다.

"화이팅! 아자아자! 강대호 잘돼라! 쑥쑥 어른돼라!"

"화이팅… 아자아자… 강대호 잘돼라…. 아, 진짜 이렇게까지 해야 돼?"

둘은 다음 약속을 잡고 헤어졌다.

며칠 후 분식집에 왕년이모가 왔다. 그녀는 종종 저녁 느지막이 일 다녀오는 길에 분식집에 들러서 끼니를 때웠다. 왕년이모는 떡볶이를 이쑤시개로 찍어서 맛보았다. 그리고 오징어 튀김도 튀김옷이 빠지자 오징어를 쏙 빼먹었다. 마지막으로 순대를 먹었다.

"흐흑…."

"매워요? 왜 눈물이 나요?"

"아니요. 우리 대호가 먹던 게 이렇게 맛있는 건가 싶어서요. 그래서 말인데요. 유미 언니는 어떻게 이렇게 유미를 잘 키웠어?"

"…."

"난 말이지, 대호가 학교에서 일진 애들이 괴롭혀 힘든데도 전학 보내는 일이 너무나 서류도 많고 이사도 가야 하고 그래서 애써 모른 척했어. 대호가 너무 힘들어서 견디다 견디다 못 견디고 나한테 학교 다니기 싫다고 한 걸, 나 식당 일 하느라 바빠서 모른 척했다고. 그래서 결국 학교 관두게 되고…. 흑흑. 대호가 얼마나 힘들었겠어…. 난 돈만 쥐여주고 심리치료 이런 거는 알아보지도 않았어. 근데 그렇게까지 모은 돈, 그 돈도 다 사기꾼 주머니에 들어가서 결국 이 모양 이 신세지, 안 그래? 어흐흐흐흑…."

"진정해요. 나아질 거예요."

엄마가 그렇게 왕년이모를 달랬다. 유미는 왕년이모가 우는 걸 종종 봤는데 그날처럼 서럽게 운 건 처음이었다. 마음이 짠했다.

며칠 지나 유미가 대호를 헬스클럽에 불러냈다.

대호는 대형 헬스클럽에 들어서자마자 환한 조명과 수많은 기구와 사람들로 조금은 움츠러들었다. 헬스클럽에는 청년들이 각자 운동을 하고 있었다. 회색 운동복을 입은 유미가 두리번거리는데, 대호가 저만치서 쭈뼛하면서 다가왔다.

"황…유미…."

"대호야, 여기 아는 동네 언니가 트레이너로 일해."

대호의 반팔 티셔츠 밑으로 드러난 팔이 앙상했다.

"오늘부터 운동 좀 배워보자. 우리 학생 할인 해준대."

이때 체격이 좋은 여자 트레이너가 다가왔다.

"어, 언니!"

"쉿! 여기서는 켈리 쌤이라 불러, 유미야."

"네, 언, 아니 켈리 쌤."

"이리로 와봐. 먼저 스트레칭으로 근육을 풀어줘야 하거든. 스트레칭실에서 몸 좀 풀자."

트레이너는 스트레칭실로 불러서 유미와 대호가 다리를 찢는 걸 도와주었다. 그리고 팔을 뻗고 허리를 숙여 바닥에 손바닥이 닿도록 했다.

헬스실로 이동해서 거울을 보고 아령을 드는 동작을 가르쳐주었다.

"대호 학생은 여기 팔근육만 키워도 어깨가 반듯해지고 거북목 자세가 교정이 돼요. 자, 그럼 가볍게 플랭크 잠깐 할까요."

유미와 대호는 트레이너가 지시하는 대로 바닥에 팔꿈치를 대고 누워 발끝으로 지탱했다.

"코어근육을 강화하는 데는 플랭크가 직방인데. 엉덩이 배 근육을 동시에 단련해주는 자세야. 자, 팔꿈치로 버티면서 누가 더 오래 버티는지 볼까?"

그날 유미와 대호는 서로 자기가 더 아프다면서 집으로 향했다.

"야, 너 당분간 떡튀순 금지. 안 팔 거야."

"갑자기 뭔 소리야?"

"근육 키워야지. 언니 말씀 못 들었어? 탄수화물 줄이고 대신 단백질 많은 소불고기덮밥 같은 거 매장에서 먹고 가."

대호는 아쉬운 눈으로 고개를 끄덕였다.

그날 이후 대호는 어둑할 때만 나오던 습관을 유미의 권유에 고치려 노력했다. 그는 오전에 밖으로 나와보았다.

햇살이 쨍하게 비치는 천변길을 걸었다. 들꽃이 피고 새싹이 돋고 개울에는 거위가 꽥꽥 울었다. 풀숲에 토끼가 잠시 나와 노닐다 다시 숨어들었고 참새와 까치들이 우짖었다. 소풍 나온 유치원생들이 풀밭에서 뛰어놓고, 풍선이 하늘 높이 올라갔다. 중학생들이 호숫가에서 풍경화를 그리고 있었다. 자전거를 탄 아주머니들이 무리 지어 자전거도로를 달려나갔다.

아름다웠다. 자신만 빼고. 사람들은 학교를 다니고, 소풍을 오고, 레저를 즐기면서 일상을 누리고 살았다.

'다시 학교로 돌아가서 유미처럼 고등학생이 되면 어떨까.'

하지만 대호는 이내 고개를 가로저었다.

권오영 같은 일진이 아니더라도, 이제는 평범한 학생들도 두려웠다. 너무 오래 혼자만의 세상에 갇혀서 방에서 게임을 하고 익명의 유저들과 채팅을 하고 영화를 보고 잠만 잤다. 종종 식사도 거르고 저녁 가까이 되어서야 가장 빠르게 조리되는 떡튀순을 사와 배를 채우고 다시 밤을 새웠다. 이 생활 패턴을 갑자기 깰 수는 없다. 무엇보다 사람들이 두렵다. 지금은 아무도 자신을 보지 않지만 학교 교실에 밀집돼 있으면 누군가 한 명은 자신을 돌아볼 것이다. 그 시선. 나를 왕따로 만드는 그 시선이 두렵다.

'나는 앞으로 어떻게 살게 될까.'

대호는 그렇게 며칠간 밖에 나와 돌아다니면서 고민을 했다.

유미가 대호를 마지막으로 본 것은 헬스클럽에서였다. 쿨의 '해변의 여인'이 신나게 나오던 헬스장에서 유미와 대호는 트레이너에게 배운 운동을 했다.

대호는 랫풀다운을 50킬로그램 무게로 하고 있었다. 유미가 음료수를 사러 잠시 자리를 비웠는데, 누군가 대호의 등을 탁 쳤다.

"야, 너 강대호, 강멸치 아냐? 여전하네. 50킬로그램 갖고 돼? 남자 맞냐? 그러니 멸치 소리 듣지."

대호는 낯익은 목소리에 몸이 덜덜 떨려왔다. 보지 않아도 누군지 안다.

권오영이었다. 고등학교 1학년 때 대호를 모든 반 아이들 앞에서 망신을 시키고 기어이 학교를 관두게 만든 놈. 1년 반 만에 마주쳤어도 대호는 중학교 시절로 돌아간 것처럼 온몸이 사시나무 떨듯이 떨렸다.

권오영은 큰 덩치에 반팔 아래 잉어가 그려진 이레즈미 문신을 하고 건들거리면서 대호를 기구에서 일어나라고 했다. 대호는 일어나 다른 데로 가려는데, 그가 따라왔다.

"야, 강멸치. 언제 술이나 한잔 빨자. 너 학교 관두고 1년 있다 나도 관뒀어. 아는 형님이 사업하는데 도와달라고 해서. 너 혹시 게임 아이템 사업 관심 있냐? 끼워줄게. 아님 돈 좀 필요하냐?"

"이, 이거 놔."

대호는 소매를 붙잡는 권오영에게 말했다.

"새끼야, 친구끼리 왜 이래?"

"우리가 친구야?"

권오영이 대호가 반발하자 험악한 인상을 쓰면서 말했다.

"야, 어릴 때 그렇게 장난치는 거 당연한 거 아냐? 안 그런 사람 있냐? 왜 이래, 강멸치. 무섭다. 왜 학폭으로 커뮤니티에 나 사진 까서 올리려고? 해봐. 너만 바보되지. 올려봐. 뭐 내가 유명인이나 연예인도 아니고. 올려보라니까. 사건 따라다니면서 어그로 끄는 사이버 렉카 유튜버한테 제보해보라고."

"이거 놔."

"이 겁쟁이 새끼야. 얌마, 돈 벌기 싫으면 관둬. 나 좋자고 그런 거 아니다."

대호는 탈의실로 도망치듯 들어갔다. 그 모습을 유미가 보고 불렀다.

"야, 강대호! 대호야!"

그 이후 대호는 헬스클럽에 나오지 않았다. 그리고 분식집에도 나타나지 않았다. 그렇게 유미의 기억 속 대호는 점점 사라졌다.

대호를 떠올리던 유미는 주방에서 음식을 들고 나오는데 마침 그때 분식집 문이 열리면서 누군가 들어섰다. 호리호리한 체구의 청년이 서글서글 웃으면서 유미를 보았다.

대호였다. 지금 그가 눈앞에 서 있는 것이다. 대호는 마른 체구는 여전하지만 왠지 탄탄해 보였다. 그는 감색의 작업복 점퍼를 입고 있었는데, 유미도 아는 회사의 마크였다.

"강대호! 지금 왔구나. 반갑다. 초대장 받았지?"

"응, 엄마가 집에 도착한 걸 먼저 받으셨고 전화로 알려주셨어. 지금 울산서 차 타고 올라왔어. 여기 오느라 월차 신청했거든."

참석자들이 음식을 먹는 동안 대호와 유미는 잠시 이야기를 나누었다.

"대호야, 그동안 어떻게 산 거야?"

대호는 그동안 있던 일을 말해주었다.

유미와 헬스클럽에서 그렇게 멀어지고 나서, 대호는 6개월 후에 다시 헬스클럽에 나갔다. 이번에는 유미의 도움 없이 운동을 해볼 요량이었다. 그리고 혹시 권오영을 다시 마주치더라도 이번에는 홀로 극복해볼 참이었다. 그렇게 하지 않으면 도저히 사회에 적응할 수 없을 것 같았다.

대호는 천천히 거울 앞에 서서 아령을 들고 자신을 보았다. 운동을 안 해 팔 다리는 가늘었고 배는 조금 나와 있었다. 대호는 하루에 한 번은 반드시 운동하리라 굳게 다짐했다. 오전에는 검정고시 공부와 수능 준비, 낮에는 운동 2시간, 오후에는 다시 공부하리라 다짐했다. 음식도 스스로 재료를 사다 해먹거나 간단한 것을 시장에서 사 먹어 엄마 손이 가게 안 하리라 결심했다. 다만 유미분식에 가서 유미를 만나는 것은 나중으로 미루었다.

대호는 인터넷에서 헬스하는 영상을 찾아보고 스스로 운동을 해나갔다.

권오영을 마주친 것은 그렇게 낮에 운동을 한 지 3개월이 지난 즈음이었다. 대호가 스트레칭 머신 위에 올라가서 팔과 어깨를 스트레칭하면서 몸을 늘어뜨리는데, 갑자기 누군가 다가와 크게 외쳤다.

"야, 강멸치! 내가 사업 좀 하느라 바빠 그간 못 왔는데 여전하네. 운동하는 몸이 아직 그거냐?"

대호는 그를 모른 척하고 조용히 기구에서 내려와 트레드밀이 있는 공간으로 갔다.

권오영은 뒤에서 야유를 부리다가 이내 벤치프레스를 하러 갔다. 그렇게 권오영과 헤어졌고, 며칠 후 대호가 근력 운동을 한 후 바이크를 타는 중이었다. 바이크 기계 옆에 스트레칭실이 따로 있는데 문틈이 벌어져 있었다. 대호가 안을 무연하게 보니 그 안에 여자 회원이 스트레칭을 하고 있었다.

한참 TV를 보며 바이크를 타는데, 남자 목소리가 들렸다.

"그간 여기 운동하는 거 꽤 봤는데, 동갑이거나 비슷할 거 같은데 말이나 나눕시다."

권오영 목소리가 스트레칭실에서 들려왔다. 여자 회원이 귀찮아하면서 모른 척하는 것 같았다. 대호는 바이크 운동을 하면서 스트레칭실에서 나오는 소리에 집중했다.

"거참, 무시하는 거예요? 사람이 말을 하잖아."

대호가 귀찮아지는 상황이 될까 바이크에서 내리려다 갑자기 큰소리가 났다.

"정말 왜 이러세요! 이거 손 치워요!"

대호는 탈의실로 가려다가 멈췄다. 머릿속에서 뭔가 터져나오는 느낌, 무언가가 자신을 멈추려 하는 느낌이었다. 이를 악물고 스트레칭실로 향했다.

대호는 스트레칭실 문을 활짝 열었다. 당황한 여자 회원이 얼른 밖으로 나가 데스크로 가서 이쪽을 가리켰다.

권오영이 대호를 보고 씩 웃은 후에 한 마디 했다.

"너 괜히 껴들다가 오늘 나한테 죽는다."

여자 회원과 헬스클럽 사장이 같이 와서 권오영에게 따졌다.

"이분 귀찮게 하고 손목 잡은 것 맞습니까?"

여자 회원이 대호를 가리켰다.

"이분이 다 보셨어요. 저를 하도 귀찮게 하니까 이분이 도와주러 오신 거예요."

권오영이 대호를 매섭게 노려보았다. 사장은 대호에게 물었다.

"이 회원분이 여자 회원분 괴롭힌 거 보셨어요?"

사장의 말에 대호는 고개를 저었다.

"못 봤는데요."

권오영이 웃었다. 그럼 그렇지, 하는 표정. 대호는 그런 권오영의 표정을 보고 어금니를 꽉 깨물었다. 그리고 바로 말했다.

"손목 잡는 건 못 봤지만, 여자 회원분한테 추근덕거린 건 들었습니다."

권오영이 눈을 크게 뜨고 대호를 노려보았다.

"야, 너 지금 뭐라고 했냐? 강멸치!"

권오영이 대호의 멱살을 잡으려는데, 누가 봐도 보디빌딩 선수 출신이었을 듯한 헬스클럽 사장이 말리자 가만히 있을 수밖에 없었다. 헬스클럽 사장은 정중하게 말했다.

"회원님, 여기서 이러시면 안 됩니다. 이쪽 사무실로 두 분 들어오세요. 잠깐 말씀 좀 나누시죠."

그렇게 여성 회원, 권오영, 헬스클럽 사장이 사무실로 따로 들어가고 대호는 집으로 돌아왔다.

그날 기분 좋게 집으로 돌아왔다. 돌아오는 길에 소고기 홍두깨살과 메추리알, 떡볶이 떡을 사서 소고기 장조림을 하고 떡볶이를 만들어 저녁으로 먹었다. 엄마가 드실 음식도 따로 남겨두었다.

권오영에게 피해를 본 사람을 도왔다. 마음속으로 시원한 구석이 있었다.

다음날 운동하러 헬스클럽에 나가보니 헬스클럽 사장이 다가와 말을 걸었다. 어제 일은 고마웠다면서, 권오영은 회비를 환불해주고 다시는 오지 않게 했다고 알려주었다.

대호는 숄더 프레스 기구에 앉아 잠시 심호흡을 했다.

그날 저녁, 권오영에게서 욕설이 뒤섞인 문자가 몇 번 왔다. 그걸로 끝이었다.

대호는 그 일 이후 밖에 나가는 시간을 늘렸다. 공원에 가서 철새를 찍기도 했다. 밤에는 천문대에 가서 별을 보기도 했다. 그리고 매일 음식을 스스로 해서 먹으려고 재료를 사러 시장에 나갔다. 독서실을 가보기도 하고 인터넷 스터디 모임에 참가해 새로운 사람들과 이야기를 나누고 같이 공부도 했다.

학원도 가고 백화점에 가서 옷도 사보았다. 알바를 해서 유행하는 닥터 마틴 워커를 사고, 디카도 사서 철새 사진을 본격적으로 찍어보기도 했다. 철새 사진 동호회에 가입해 오프 모임에 나가기도 했다.

그러다 다시 점차 밖에 나가는 게 힘들어졌다. 사람들의 연락도 차단하고 다시 칩거했다. 우울증이 찾아왔다. 자신감이 사라지고 죽고만 싶었다. 운동, 공부도 포기하고 다시 방에서 게임만 하고 지냈다.

이렇게 학교도 관두고 목적 없이 게임만 하고 커뮤니티만 들여다보는 상황이 어처구니없었다. 하지만 무언가 바꿀 힘도 희망도 없었다.

대호는 밤 10시에 무작정 마포대교에 갔다. 비가 부슬부슬 오는 날 어둠 속의 한강은 검푸른 물결이 넘실댔다. 뛰어들 수 있을 것 같았다. 난간에 안간힘으로 매달려 올라갈 수 있을 것 같았다. 신을 벗고 난간을 붙들어 올라가려고 했는데, 물기에 젖어 자꾸 미끄러졌다.

그 모습을 봤는지 달리던 차가 가끔 경적을 울렸다. 꼭 어서 집으로 돌아가라는 듯했다.

대호는 정신을 차렸다. 휴대전화를 들었는데 누구에게 전화를 해야 할지 몰랐다. 그러다 청소년상담센터가 떠올라 전화번호를 찾았다. '24시 운영 중'이라는 문구가 눈에 들어왔다.

전화를 걸었다. 몇 번의 신호 끝에 한 여성이 전화를 받았다.

"여, 여보세요…."

"네, 말씀하세요. 청소년상담센터이고 저는 상담사 이연서입니다."

"저, 저기요…. 제가 지금 마포대교에 있거든요? 너무 힘들어서요…. 죽을 만큼 힘들 땐, 어떡해요? 어떻게 해야 살아요?"

그렇게 대호는 아주 천천히 더듬거리면서 자기 이야기를 해나갔다. 상담은 20분 가까이 진행되었고 대호는 걸으면서 말했다. 전화를 끊고 보니 어느덧 마포대교를 벗어나 있었다.

비는 그쳤다. 밤하늘에 구름이 걷히고 달이 떠 있었다.

가로등 불빛 아래서 대호는 펑펑 울었다. 상담사가 자신의 처지를 들어주자 마음이 풀렸다. 상황은 그대로이고 학폭에 희생당한 자신의 기억도 여전하고 마음도 무겁고 발도 무거웠지만, 그래도 누군가 한 사람은 자신의 이야기에 귀를 기울여주었다.

그렇게 대호는 가끔 상담센터에 전화했다. 다른 상담사가 받았지만 역시 그의 과거 이야기를 들어주었다. 대호는 센터를 찾아가

정식으로 상담을 시작했다.

가슴 속 먹구름이 점차 가라앉고 가슴에 초승달이 뜨고 보름달로 되어가고 언젠가는 오전의 청명한 날씨가 되기도 했고, 또 언젠가는 쾌청한 공기의 밝은 태양이 마음속에 들어오기도 했다. 먹구름이 다시 찾아오기도 했지만 다시 햇살이 찾아왔다.

대호는 언젠가 장롱 속에서 겨울 옷을 꺼내 입다가 깊숙이 놓아둔 가족 앨범을 찾아냈다. 열어보니 예전 가족사진들이 들어 있었다. 오래전 돌아가신 아버지 얼굴, 그리고 낯익으면서도 또 낯선 엄마의 20대 모습들. 긴 생머리에 앞가르마를 타고 청바지를 날렵하게 입은 엄마는 통기타를 메고 노래를 불렀다. 지금 인스타그램에 올려도 안 이상한 패셔니스타의 모습이었다. 대호는 엄마의 긴 손톱과 긴 속눈썹이 마음에 안 들었다. 50대 여성이 그렇게 차리고 다니면 어색해 보인다. 그런데 알고 보니 멋 내려는 노력은 20대부터 꾸준히 해서 지금에 이른 것으로 보면 그리 어색한 일도 아니다. 대호는 종종 방에 틀어박히면서 편의점에서 가끔 사 먹거나 배달음식을 먹거나 하다가 그마저 하기 싫으면 굶었다.

그럼에도 불구하고 엄마는 냉장고 안을 음식으로 채워 놓았다. 과거 음식점 하던 실력을 발휘한다면서 여러 요리를 해서 넣어놓고, 공공근로나 알바를 하러 나갔다. 대호는 음식 재료를 사다놓고 요리해서 냉장고에 넣는 엄마가 어리석어 보였다.

누가 먹는다고 저렇게 사다 요리해놓는 거지?

하지만 결국 배고픔을 참다 못해 그 음식들에 손대는 사람은 자신이었다.

대호는 오래전 한복을 입고 결혼식을 올리는 엄마 아빠의 사진을 보면서 마음이 차분해졌다. 누군가 겪는 삶을 나의 부모도 나도 겪고 있는 것일 뿐이다. 별다를 것도 없고 크게 놀라울 것도 없는 일상들이다. 이걸 조금씩 이겨나가면 될 뿐이다.

'이겨 나가자. 매일 조금씩.'

그 마음을 그대로 적어서 책상에 붙여두었다. 공부를 쉬면서 디자인 공부를 독학했다.

컴퓨터로 일러스트를 그리고, 문구 디자인도 해보았다. 예전부터 해보고 싶었던 일이었다. 인터넷 포털 카페에서 만난 문구 사업자와 일해서 작업비용도 받았다. 자기가 만든 디자인이 상품이 되어 실물로 만들어진 걸 보자 마음이 벅찼다.

일을 보고 집으로 가는 길에 마주친 홍대를 걷는 과감한 패셔니스타들, 코스플레이어들, 아이돌 댄스를 추며 버스킹을 하는 팀, 연주와 노래를 하며 버스킹을 하는 가수들을 보면서 가슴이 뛰었다. 다들 무연한 얼굴로 자신의 일에 열중한다.

'나도 저 사람들처럼 용기 있게, 다른 사람들과 함께 길을 걸어가고 싶어. 남들의 시선을 두려워하는 게 아니라, 그 시선도 즐기며 살고 싶다.'

아름다웠다. 사람들의 저마다 지닌 모습이, 스타일이, 행동이.

대호는 스스로 다짐했다.

'앞으로는 두려움 없이 내 결심대로 살겠어.'

그렇게 대호는 일상을 점차 바꿔나갔다. 공부도 하고 직장을 가질 방법도 알아보고 알바도 찾아보면서 사람들과 함께 또 자신만의 일상을 차츰차츰 만들어 나갔다. 삼촌의 소개로 새로운 공부를 시작하기도 했다. 잘 배우고 자격증을 따면 전문 기술직으로 직업을 가질 수 있을 듯 싶었다.

그렇게 재활하듯이 사회로 나가는 적응 기간을 가졌다. 해보니까 됐다. 하고 있는 일들, 하고 싶은 일들이 점차 단계적으로 나아가게 되었다.

아주 가끔 유미분식의 음식과 유미가 생각났다. 그래서 언젠가 한 번 철새 사진과 벚꽃 사진을 유미에게 보낸 적이 있었다. 유미는 "참 멋지다"고 답을 보내주었다.

그게 바로 5년 전 일이었다. 대호는 그간 살아온 이야기를 짧게 요점만 말해주었다.

"그랬구나. 난 그렇게 안 보여서 정말 걱정하다가, 네가 보내준 철새와 꽃 사진 덕분에 안심했어. 녹색 머리에 목에 흰 띠가 있는 새."

"응, 청둥오리야. 올림픽공원에서 찍었어."

"잘 찍었더라."

대호는 수줍은 웃음을 보였다.

"그냥 내가 잘 지낸다는 걸 알려주고 싶었어. 네 도움을 생각해서라도."

유미는 고개를 끄덕였다.

"그럼 그 후에는 권오영을 다시는 안 만난 거야?"

"권오영? 3년 전인가 한 번 연락 왔었지. 어떻게 번호를 알았는지 한 번만 만나자고 했는데 거절했어. 무슨 재무설계 한다고는 하는데, 똑같이 양아치처럼 살더라. 인스타그램 보니까 비싼 명품 두르고 사기치려고 혈안이 됐던데? 비슷한 애들만 만나고. 내가 10년 전에 그렇게 무서워했던 일진 권오영이 이제는 그냥 하찮게 여겨져. 양아치, 찌질이 같아."

"넌 회사에 취직한 거야?"

"응, 삼촌 소개로 자동차 회사 협력업체에 들어가서 전문 기술 배운 지 5년 차야. 검정고시 패스하고 수능 봐서 전문대 들어가서 야간에 다니고 있어."

"우와, 멋진데! 역시 '버티는 자가 승리하는 자'라는 말이 맞는 말이네!"

"무슨, 나는 권오영 때문에 고등학교도 버티지 못했는데. 지금 와서 보면 승리라고 하기엔 좀 낯간지럽고, 이제 겨우 시작하는 거지, 뭐. 그나마 다행인 건 시작할 수 있었으니까. 내가 방에서 틀어박혀 이러다 죽겠구나 싶었을 그 당시에, 유미 네가 헬스클럽도 데려가주고 음식도 맛있게 포장해주고 그런 덕분에 살고 싶다는 희망을 얻었어. 인생은 기니까."

"헬스클럽에서 권오영 만나고 나서, 그때 이후로 오지 않았잖아."

"응, 가기 싫었어. 그 녀석을 보니 오금이 저리고 다시 일진에게 당하던 예전의 내가 된 것 같아서. 하지만 나중에 헬스클럽에 다시 나갔어. 권오영이 헬스클럽 회원 괴롭히는 걸 막는 데 도움을 준 적도 있었어. 그 일로 권오영은 헬스클럽에서 쫓겨났어. 이상하게 마음이 탁 풀리더라. 그리고 검정고시 준비하고 수능 준비하고 대학을 가려고 했지. 중간중간 기분이 다운되어서 방에 들어가 지낸 적도 있었고…. 그러다 마음 잡고 공부 다시 시작했어. 기술 쪽에 계시는 삼촌이 권해서 일단 취직을 했고, 자동차 정비기술 인턴으로 시작해서 지금은 정직원이야."

유미가 환하게 웃었다. '

"어서 떡튀순 먹어봐. 우리 엄마가 하던 예전 음식과 비슷한지 궁금해."

대호는 떡볶이를 맛보고 달걀 튀김을 먹었다.

"우와, 매콤하고 달달한 맛이 아주머니가 해주신 그때 그 맛이랑 똑같아. 그리고 튀김옷에 파슬리 가루 넣었던 것 10년 전 그대로인데? 맛있어. 어? 가지 튀김이다."

"그럼, 내가 우리 엄마 딸인데. 그대로지? 역시 학생 때부터 분식집 나와 어깨 너머로 배운 경험이 중요하단 말이지."

대호의 폰이 울렸다.

휴대전화를 받은 대호의 입가에 미소가 걸렸다. 그는 즐겁게 통화를 하고 끊었다.

"누구?"

"결혼할 사람."

"부러운데?"

"유미 너는?"

"난 분식집 준비하느라 정신이 없다. 나중엔 연애도 결혼도 할 거야."

유미와 대호는 10년 전처럼 주먹을 맞댔다.

"그때처럼 화이팅! 아자아자!"

"화이팅! 아자아자! 강대호 잘돼라! 황유미 잘돼라!"

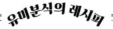

떡볶이·튀김·순대, 일명 떡튀순 세트

한국의 떡볶이 가게에서 가장 인기 있는 메뉴 모음이자 기본 세트입니다. 간혹 순대를 안 먹는 사람을 위해 순대를 어묵으로 바꾸기도 합니다. 하지만 떡튀순은 말 그대로 가장 기본적인 분식집 메뉴입니다. 떡튀순의 영원한 라이벌로 김떡순, 김밥 떡볶이 순대 세트도 있습니다.

여기서 잠깐 필자가 좋아하는 무 떡볶이와 삶은 달걀 튀김 레시피를 적어봅니다.

무 떡볶이 레시피

재료 : 무, 밀떡, 어묵, 대파, 양파, 설탕, 고춧가루, 고추장, 후추, 조청

1. 무를 썰어서 무채를 냅니다.
2. 파와 어묵을 손가락 크기로 썹니다. 양파도 채를 썰어둡니다.
3. 냄비에 무와 물(500ml)을 넣고 팔팔 끓이다가 설탕과 고춧가루 세 큰 스푼을 넣고 잘 풀어지게 저어줍니다. 고추장을 두 큰 스푼을 넣고 풀다 떡과 대파, 양파, 어묵을 넣고 국물이 끓어오를 때까지 끓입니다.

4. 마지막으로 후추 약간, 조청을 입맛에 맞게 넣고 풀어줍니다.

5. 무 맛으로 달짝지근한 떡볶이에는 말캉한 식감을 원하면 쌀떡도 좋습니다.

삶은 달걀 튀김 레시피

재료 : 달걀, 밀가루, 빵가루, 식용유

1. 달걀은 삶아서 껍질을 벗깁니다. 삶은 후 찬물에 담가줘야 껍질이 깨끗이 벗겨집니다.

2. 밀가루, 달걀, 빵가루 순서대로 삶은 달걀에 입힙니다.

3. 튀김옷을 더 두툼하게 하기 위해서 2번 작업을 반복하기도 합니다. 튀김옷을 더욱 식감 있게 만들기 위해 파슬리나 허브 가루를 뿌려주기도 합니다.

4. 팬에 식용유 두 컵 분량(400ml) 넣고 가열하다가 소금을 한 꼬집 넣어봅니다. 기름이 타탁 튀는 순간에 조심스레 튀김옷 입은 달걀을 넣어주면 됩니다.

달걀은 삶아도 맛있지만 그 맛있는 달걀에 튀김옷을 정성스레 입혀 튀기면 더욱 별미가 됩니다. 다만 다이어트 중이시면 그냥 삶은 달걀만으로 드시기를 권장합니다.

05

건물주 아저씨가 새벽에 주문하는 소불고기덮밥

유미분식의 문이 열리고 종소리가 경쾌하게 났다. 모인 사람들은 누가 왔는지 뒤를 돌아보았다. 천천히 들어서는 초로의 남자가 보였다. 작은 키에 왜소한 남자는 조용히 들어섰다.

유미가 밝게 웃으면서 반겼다.

"아저씨, 어서 오세요."

그는 엄마가 '국씨 아재'라 부르던 건물주 사장이었다.

"아, 유미구나. 이제는 아가씨가 됐네. 반갑다. 나까지 초대해주고. 언제 그 사장님이 그렇게 가셨는지, 원."

"여기 자리에 앉으세요."

유미는 왕년이모 옆에 그를 앉혔다.

"어머나, 동네 입구 5층 건물 사장님이시죠? 왜 1층에 철물점 있는 거요. 반가워요. 저 기억나세요?"

"아이구… 이거 낯이 익은 거 보니 우리 동네 분이신 건 확실하네요. 여튼 반갑소."

사람들이 서로들 고개를 숙여 조용히 인사를 나누는 가운데, 유미가 작은 종을 들어 딸랑딸랑 소리를 냈다.

"이번에는 소불고기덮밥입니다."

국씨 아재가 고개를 들고 몸을 일으켰다.

"소불고기덮밥? 그거 내 최애 음식인데?"

유미는 국씨 아재를 보고 고개를 끄덕였다.

"알죠. 정말 아주 적절한 타이밍에 도착하셨어요."

국씨 아재는 10년 전과 거의 얼굴이 비슷했지만 하얀 새치로 반백이 되었고, 네모난 안경이 아닌 동그란 안경을 쓰고 있었다. 작은 키에 마른 체구지만 배는 조금 나오고, 사각 턱에 까무잡잡한 얼굴과 작은 눈, 샐쭉한 입술이 보였다. 일어섰을 때 구부정한 자세는 그대로였고, 누가 말을 걸면 고개를 살짝 기우뚱하는 것도 똑같았다.

10년 전 유미는 고등학교 3학년이었다. 야자를 마치고 독서실서 공부하다가 새벽 1시 넘어 집이 있는 골목으로 들어오면 엄마는 분식점에서 꾸벅꾸벅 졸고 계셨다. 유미는 화들짝 놀라 가게 안으로 벌컥 들어갔다.

"엄마, 왜 집에 안 들어가?"

"그 사장님 또 깨울까 그러지."

"응? 건물주 아저씨? 국씨 아재?"

엄마는 고개를 끄덕였다.

국씨 아재는 동네에서 가장 낡은 5층 건물 꼭대기에 사는 건물주다. 옷은 두 벌을 돌려 입고, 이발은 두 달에 한 번 하고, 가족은 없다. 듣기로는 아내와 아이에게 드는 돈 아까워 결혼을 안 했다는 소문도 있었다. 어찌나 인색한지 건물의 월세가 한 달만 밀려도 쳐들어가서 죽네 사네 멱살잡이를 한다고 했다. 그리고 월세가 몇백이 들어와도 늘 식사는 짜장면을 먹어 '짜장면 사장님'이라는 별명도 있었다.

그런 국씨 아재가 최근에 유미분식에서 야심차게 내놓은 소불고기덮밥을 매일 먹으러 왔다. 소불고기덮밥은 고가인 소고기를 적당한 가격에 내놓은 신메뉴로 찾는 손님이 점점 많아졌는데, 거기에 꽂혔는지 거의 매일 왔다.

그런데 문제는 원래도 걸음걸이가 뒤뚱거리던 국씨 아재가 다리를 다치면서 발생했다. 어느 날 전화가 걸려왔다.

"거기 유미분식 맞죠? 경자 사장님?"

"네? 저는 딸인데요."

"아, 유미 학생이구먼. 나 누군지 알지? 맨날 소불고기덮밥 먹는 아저씨야."

"…."

"그게 내가 5층에 살잖아. 다리를 다쳤는데 그거 배달 좀 해줄
수 있을까?"

"저희는 직접 오셔야 하는데요."

"유미 학생이 건물 앞까지만 가져오면 내가 어떻게든 계단은 내
려가겠는데."

"저도 좀 있다 학원 가야 해서요. 가게로 오세요."

"아니 그게 저…."

유미는 전화를 끊었다.

문제는 그날 새벽에 일어났다. 밤에 공부하는데 엄마의 휴대전
화가 계속 울렸다. 엄마는 피곤해 일찍 곯아떨어져서 유미가 전화
를 받았다.

"여보세요."

"김경자 사장?"

"네? 엄마 지금 주무시는데요."

"아, 유미구나."

"누구세요?"

"낮에 전화한 5층 건물 아저씨 알지? 유미 학생, 나 소불고기덮
밥 먹고 싶어서 그래. 정말 내가 밥을 먹어야 하는데 계단도 못 내
려가서, 이 밤에 배달 올 데도 없고 해서."

10년 전에는 배달은 언감생심, 새벽 배달 하는 곳은 보기도 어려웠다.

"국씨 아저씨죠?"

"그래그래, 국씨 아재라고 동네에서 부르지. 아는구나?"

"아저씨, 야식집 전화번호 드려요?"

"아니 거기는 술안주 맨 비싼 거만 팔잖아."

"그러니까요. 새벽에 제대로 돈 쳐주셔야 만들죠."

이때 통화 소리에 깨어난 엄마가 불렀다.

"유미야, 엄마가 받을게. 국 사장님, 말씀하세요."

그날 엄마는 피곤한 몸으로 집을 나가 골목 입구의 유미분식 주방에서 가서 소불고기덮밥을 만들고 국씨 아재의 건물 1층에 가져다주었다. 그리고 손에 쥔 것은 정가 6천 원이었다.

그런 일이 몇 번 더 있었다. 유미는 그런 몰지각해 보이는 국씨 아재의 인색함이 정말로 싫었다. 새벽에 전화해 음식을 가져다달라는 말도 안 되는 요구를 아무렇지도 않게 하면서도 돈은 가격 그대로만 주는 파렴치한 성격을 혐오했다.

"엄마, 분식집 문 닫으면 주문받는 거 아니야. 엄마도 나이 있고 여기저기 아픈 데 많잖아."

"국씨 아재가 지금 다리가 불편해서 그러잖아. 이해해줘야지."

"그 아저씨가 평소에 잘했어야지. 그 아저씨 정말 인색하고 스크루지 같다고 동네에 소문 다 났는데 왜 우리만 그렇게 잘대해줘야 해?"

"그래도 불쌍하잖아. 돈 아낀다고 결혼도 안 하고 저러고 사는 게."

"그러니까! 아등바등 살면서도 남 줄 돈은 다 제대로 주는 사람도 많은데, 뭐가 불쌍해? 다리 아프면 간병인 들이면 되잖아? 건물주가 돈이 없어?"

"그 성격에 간병인을 들일까. 돈 아끼려고도 어떻게든 버티겠지."

국씨 아재는 다리가 나아지고 나서는 목발을 짚고 유미분식에 종종 왔다. 무릎 관절이 안 좋아졌지만 수술을 미루고 목발을 짚고 한의원에 치료받으러 다닌다고 했다. 두 달 지나 목발에서 지팡이로 바꿔 짚고도 유미분식에 와서 덮밥은 종종 먹었다.

유미분식에서 멀지 않은 상가건물에서 반지나 귀걸이, 휴대전화 액세서리를 파는 액세서리 가게 사장도 유미분식에서 소불고기덮밥을 자주 사 먹었다. 그는 40대 중년의 나이에 딱 붙는 청바지, 화려한 색감의 티셔츠를 입고 앞코가 뾰족하고 굽 높은 구두를 신었다. 머리에는 무스를 발라서 가르마를 잘 정돈했다. 제법 상가 아주머니들에게 귀여움을 받는 사장이었다.

하루는 액세서리 사장이 유미분식에 와서 테이블에서 당근과 양배추를 채 써는 엄마에게 다가왔다.

"우리 경자 사장니임~. 제가 도와드릴까요? 오후 3시라 그런지 손님도 없고 적적하네요."

유미는 주방 안에서 참고서를 보고 있어 액세서리 사장은 엄마가 홀로 가게에 있는 줄 아는 모양이었다. 유미는 주방에서 가게로 뚫린 창으로 액세서리 사장의 느끼한 눈빛을 보았다.

"힘드시죠? 아저씨도 오래전에 돌아가시고 가게 하면서 사시는 게."

사장은 엄마의 손등을 슬쩍 터치했다. 유미는 눈을 크게 뜨고 주시했다.

"아니, 괜찮아요."

"경자 누님, 저보다 나이가 많으시지만 저는 그런 거 괜찮습니다."

"네에?"

"저도 지금은 이혼하고 혼자 살고, 그리고 이전에도 나이 많은 누님과 사귀던 적 있습니다."

엄마가 어색하고 긴장돼 일어서려는데, 그가 엄마의 손을 덥석 잡았다.

"누님만 괜찮으시면 저에게 조금 의지하세요. 저는 누님 같은 분이 제 이상형입니다."

유미가 홀로 나가려던 찰나, 갑자기 분식집 문이 열리면서 국씨 아재가 지팡이를 짚고 들어섰다. 액세서리 사장은 엄마에게서 손을 떼고 헛기침을 했다. 엄마가 주방으로 들어서려는데, 갑자기 국씨 아재가 지팡이를 들어서 바닥을 쾅 쳤다.

"사장님! 소불고기덮밥 하나!"

액세서리 사장은 괜히 찔려서 김밥 하나를 사서 가게를 나갔다. 국씨 아재는 식사를 마치고 유미가 학원 갈 준비를 하는 걸 보면서 말했다.

"김경자 사장님, 저놈아가 요즘 여기저기 시장이나 상가 상인들 중에 과부나 결혼 안 한 여사장님들에게 치근덕거린다는 소문이 무성합디다. 그런 일 있으면 말해줘요. 내 아주 혼쭐내줄 테니."

국씨 아재는 그 말을 하고 이쑤시개로 이를 쑤시면서 지팡이를 짚고 천천히 가게를 나갔다. 그 일 이후 가게에 액세서리 사장은 잘 오지 않았다.

그러던 어느 날, 유미가 학원 갔다 분식집에 들르려는데 가게 안에서 호통이 나왔다. 액세서리 사장이 엄마의 손목을 잡고 실랑이를 하고, 엄마는 큰소리로 그를 혼냈다.

"이봐요! 나 남자 사귈 맘도 없고, 우리 유미만 보고 사니까 이러지 말아요."

"아, 누님. 왜 이렇게 맹꽁이 같아요? 유미야 대학교 가면 기숙사 들어갈 텐데, 누님 혼자 얼마나 무섭고 외로워요. 나를 남동생이다 생각하고 의지하면 오죽 좋아요? 같이 영화보고 좋은 데 놀러 다니면 서로 좋죠. 안 그래요?"

"이거 놓으라니까요."

유미가 엄마 하면서 가게 안으로 들어가려는데, 그보다 더 빠르게 유미를 제치고 들어서는 이가 있었다. 국씨 아재였다. 지팡이를 휘두르면서 액세서리 사장을 위협했다.

"그 손모가지 날려버리기 전에 안 치워? 이 기생오라비 같은 놈아!"

국씨 아재가 입에 거품을 물고 절뚝거리면서 눈을 희번덕거렸다. 액세서리 사장은 얼른 도망쳐버렸다.

유미는 이게 무슨 상황인가 싶었지만 국씨 아재는 아무렇지 않게 가게 밖을 살피며 그 사람이 다시 오지 않는지 확인하고는 나중에 밥 먹으러 온다고 하고 나갔다.

엄마는 무척 놀란 눈치였지만 유미에게 창피한지 고개를 숙이고 주방을 정리한다고 들어갔다.

유미는 다음날부터 학원을 며칠 쉬면서 분식집에 일찍 와서 가게 일을 도우면서 상황을 살폈지만, 국씨 아재도 액세서리 사장도 한동안 오지 않았다.

며칠 후 국씨 아재가 소불고기덮밥을 먹으러 왔다.

유미는 뭔가 의아함이 깃든 눈빛으로 국씨 아재를 살폈다. 혹시 액세서리 사장과 무슨 일이 있던 것은 아니었을까.

그때를 회상하던 유미는 국씨 아재 앞에 작은 접시와 냅킨을 세팅하면서 그를 유심히 지켜보았다.

"아이고, 우리 유미가 언제 이렇게 커서 김 사장 유미분식을 이 어가네. 정말 기특허다."

"네, 그동안 안녕하셨어요?"

"너희 어머니가 얼마나 좋으신 분인 줄 알지? 손맛만 일품인 게 아니라, 사람도 일품이셨지. 묵묵히 음식 만들어 팔면서도 손님들 도 살뜰하게 챙기고. 참으로 고상하신 분이었다."

유미는 드디어 궁금했던 점을 물었다.

"아저씨, 예전에 그 왜 휴대전화 액세서리 팔던 사장님 기억나 시죠? 아저씨가 혼내주신 뒤로 더는 저희 가게 안 왔어요."

국씨 아재는 고개를 끄덕였다.

"기억 나다마다. 다음날인가 내가 그놈 물고를 냈지. 가게 찾아 가서 아주 각서 받아왔다. 유미분식 사장이고 누구고 동네 여사장 님들 하나라도 귀찮게 하면, 건물주들한테 얘기해서 이 동네에서 장사는커녕 아예 얼굴도 못 들고 다니게 만들어준다고. 근데 그 녀 석이 내가 김 사장한테 흑심 품었다고 고래고래 소리지르는데, 내 가 반 죽여놓으려던 걸 참았어. 그래도 김 사장 혹시 이상한 소문 에 휩싸일까 봐 돈 백쯤 주고 그냥 조용히 장사만 하라고 했다."

유미는 놀랐다. 그렇게 인색한 매일 분식집에서 밥을 먹는 국씨 아재가 10년 전에 엄마를 위해 100만 원이나 쓰다니.

"그런데 그놈아가 두 달 있다가 시장에서 고깃집 하는 과부 하 나 꼬셔서 가게 들어먹게 해서 그 돈 들고 튀었다는 거 아니냐. 내가 그때 가슴을 얼마나 쓸어내렸는지, 원."

"세상에, 그런 일이 다 있었어요?"

"그래. 시장이나 상가 상인들은 다 아는 이야기인데? 너희 어머니는 아셨어도 너 걱정할까 봐 말은 안 하셨나 보다."

국씨 아재는 유미에게 차마 말 못 한 부분이 있었다. 여자 등쳐먹는 그 제비 같은 놈을 가게로 찾아가 술 마시자며 불러낸 적이 있다. 호프집에서 달래가면서 홀로 장사하는 김경자 사장에게 질척대면서 건드리지 말라고 했다.

액세서리 사장이 대놓고 그에게 물었다.

"왜 아재요. 유미분식 사장한테 관심 있어요? 내가 다리 좀 놔줘요? 그럼 김경자 사장 꼬드겨 아재한테 넘어오게 할까요? 얼마 주실래요?"

국씨 아재는 눈을 치떠서 그를 노려보았다.

"대체 무슨 심보로 이렇게 나오는 거야? 너 이 자식! 호감도 없이 그냥 돈이나 우려먹으려고 그렇게 유미분식 가서 살살거리던 거야? 이놈아, 사기를 치더라도 좀 봐가면서 해. 외롭게 딸 하나 키우는 여자한테 대체 그 가게 빼면 뭐가 있다는 거야?"

"어허, 아재요. 내가 알아서 할 테니 그럼 빠지소. 그나저나 진짜 분식점 사장한테 관심있나 보네. 하하, 아직도 그런 게 있나? 사랑 같은 감정?"

"너 임마. 이 쌍놈 자식 이리 나와 봐."

"아니, 나이 봐서 봐주려 했더니 뭐 임마? 쌍놈 자식?"

그날 국씨 아재와 액세서리 사장은 뒷골목에서 드잡이 싸움을 했다. 다리를 절룩이는 국씨 아재는 액세서리 사장이 손으로 밀치자 바닥에 나동그라졌다.

"이거 헛방이었구만. 뭘 믿고 덤벼요?"

"이놈! 이 제비족 같은 놈. 돼먹지 못한 녀석!"

국씨 아재는 바닥을 손으로 짚고 지팡이를 들어서 액세서리 사장의 다리를 세게 후려쳤다. 씨잉 탁 하는 소리와 함께 액세서리 사장이 바닥에 나동그라지는데, 국씨 아재는 그대로 지팡이를 버리고 달려들어 어퍼컷을 연속으로 날렸다. 비가 추적추적 내리는 가운데 그 둘은 그렇게 바닥을 기면서 싸웠다.

다음날 국씨 아재는 액세서리 사장이 입원한 병원에 갔다. 500만 원에 합의를 하고 합의서 말미에 다시는 유미분식 와서 얼쩡거리지 않을 것까지 다짐받았다.

지금 유미에게 100만 원이라고 한 건 혹시라도 유미가 부담스럽게 여길까 봐서였다.

국씨 아재는 10년 전을 돌이켜보았다.

그는 왜 그렇게 김경자 사장을 도우려 했을까? 자기 스스로도 의문이었다. 그녀를 진심으로 사모하는 그런 감정이었을까? 당시에 500만 원이라는 돈은 큰돈이었고, 자신은 돈을 허튼 데 써본 적이 없었다. 결혼해서 여자와 아이를 먹여살리는 것도 사치로 여기고 독신을 고집해왔다. 이러저러한 사업을 해서 악착같이 돈을 모아 건물을 사고 대출을 갚아나가는 게 삶의 유일한 낙이다. 어릴 적부터 너무 가난하게 자라 학교도 제대로 나오지 못하고 빨리 일을 시작해 동생들을 돌보았다. 동생들은 잘 자랐지만 형의 고생에 대한 고마움을 몰랐다. 대학을 졸업해 반듯한 집안과 결혼한 그들은 은근히 형을 무시하거나 했다.

이런 일도 있었다. 제사를 동생네에서 지내는데, 그가 열린 문으로 들어선 줄 모르고 동생 내외들의 이야기를 듣게 되었다.

"그러니까 큰형 가면 장례는 우리가 치르고 유품도 정리해야겠지만, 유산도 형제들 몫이 된다는 말이지?"

"그렇죠. 만약 형제들이 포기하면 조카들에게 가는 거고요. 상속법이 그래요."

국씨 아재는 일부러 신발을 천천히 벗으면서 크게 헛기침을 했다. 그제야 그들은 이야기를 멈추고 인사를 했다.

인생 헛산 건가.

이런 생각이 제사를 마치고 가는 내내 들었다. 동생들이 커가면서 어느덧 자신을 무시하고, 다들 결혼하면서 더는 그들이 자신의 도움을 받지 않게 되었다. 동생과 제수씨의 얼굴에도 비웃는 듯한 표정이 보였다. 하지만 그들은 가족을 이루고 자식을 두어 어느덧 자기들 편이 많아졌고 자신은 여전히 혼자였다.

뒤늦게 결혼도 안 한 자신이 부족하다는 생각이 들었지만, 지금 와서 중매업체 찾아가 막대한 돈을 들여 결혼하고 싶은 마음은 없었다. 이제 건물주가 되었지만 대출금을 갚느라 여유가 없었다. 옷도 구두도 살 줄 몰랐고 머리도 가장 싼 이발소에서 잘랐다. 차도 10년 된 소형차를 사서 타고 다녔다.

　만나는 여자도 없고 취미도 없고 친구들도 거의 없었다. 인근 건물주들이 골프를 치자거나 비싼 곳에 가서 술을 하자고 해도 따라가지 않았다. 오로지 돈 안 드는 공원 산책이나 동네 어귀에서 조용히 지팡이 짚고 서서 지나가는 사람을 보는 게 일상이었다.

　그렇게 돈에 집착했는데 왜 500만 원이라는 큰돈을 합의금으로 주었을까.

　마음은 하나, 바로 그녀의 정성이 가득한 소불고기덮밥을 먹고 싶었던 것이라고 말해준다.

　그런데 이상하게도 그 일 이후 이상하게 분식점 가는 게 죄송하고, 김경자 사장 얼굴 보는 게 민망해지면서 가게에 잘 가지 않고 발길을 끊었다. 사장에게 이상한 마음을 먹으면 그 양아치 제비와 다를 게 없다고 여겼다. 게다가 그놈이 돈 받고 입을 다물고 조용히 산 게 아니었다.

　시장통과 상인회에 국씨 아재가 유미분식 사장에게 치근덕대고 스토킹해서 싸운 것이고, 그래서 돈도 합의금으로 주었다는 이상한 소문을 퍼뜨렸다. 게다가 새벽에 덮밥을 시켜먹는 만행을 저질렸다고 소문을 퍼뜨렸다.

국씨 아재는 차마 분식집에 더는 갈 수가 없었다. 그러다 어느 날, 그래도 분식집에 가서 덮밥을 먹고 싶은 마음에 아침에 일찍 나서다가 계단에서 굴렀다. 일어날 수가 없었고, 그는 휴대전화로 119를 불렀다. 구급대원들이 그를 구급 침상에 눕히려 했다.

"누워서 가지 마쇼."

그는 구급대원에게 부탁했지만 구급대원은 안 된다고 했다.

"선생님, 눕지 않으시면 구급차에 탈 수가 없습니다."

"아, 알겠소."

병원에 가서 엑스레이를 찍어보니 골절 진단을 받고 수술을 해야 했다. 가뜩이나 불편한 다리를 당분간 못 쓰게 되었다.

수술을 받고 병원에 갇혀 있었다. 휠체어를 타고 화장실 가는 것도 힘들어 간호사들 도움을 받다가 미안한 마음에 간병인을 불렀다. 자신보다 나이 많은 여사님의 도움으로 화장실도 가고 등허리를 물수건으로 닦으면서 병실에서 창밖만 내다보고 살았다. 다른 환자와 TV 소음 문제로 싸우다 병실도 바꾸고, 종일 창밖으로 보이는 골목 모퉁이 작은 카페와 오가는 사람들만 보면서 3주를 보냈다.

카페 뒤 긴 골목 저 안쪽으로 유미분식이 있는데, 제발 거기서 덮밥이라도 누군가 사다주었으면 하는 마음이었다. 마음을 먹고 간병인에게 부탁해 소불고기덮밥을 포장해 와서 먹던 날, 눈물이 났다. 그는 퇴원하고도 두 달은 재활하면서 휠체어를 탔다.

그동안 길거리에 휠체어 타는 장애인을 보면 자신은 절룩여도 걸을 수는 있다는 생각을 하며 지나치기만 했다. 그런데 막상 자신도 휠체어를 타보니 참으로 사는 게 어렵다는 생각이 들었다. 화장실을 가든 배달 음식을 받든 택배를 받든 어느 하나 쉬운 게 없었다. 24시 배달이 가능한 야식집에 전화로 야식과 공깃밥을 여러 개 시켜서 냉장고에 두고 야금야금 빼먹었다.

그는 걸을 수 있게 되어서도 분식집에 가지 않았다. 이제 나이 들고 병들고 외로운 자신의 모습을 보여주기 싫었다.

병원에 입원했을 때 면회 오라 부를 사람도 없고, 고용한 간병인 말고는 자기 시중을 들어줄 사람도 없었다. 퇴원을 해서도 마찬가지 신세였다.

국씨 아재는 처음으로 인생을 헛산 것 같다는 생각이 들었다.

다리가 낫고도 오래도록 집에서 칩거했고 월세가 들어왔는지 확인하러 가끔 은행 가는 것말고는 거의 나가지 않았다. 그는 그렇게 유미분식과 멀어진 것이다.

국씨 아재는 가끔 김경자 사장이 떠오르면 눈시울이 붉어졌다.

하루는 신문에서 영국의 경제학자 노리나 허츠라는 사람이 '외로움은 몸과 마음에 깊은 상처를 남기는 질병'이라고 정의했다는 기사를 읽었다. 고독은 면역력을 떨어뜨리고, 노화가 빨리 오게 하고, 심지어 하루에 담배 15개비를 흡연하는 것보다 위험하다는 것을 밝혀냈다고 했다. 외로움은 심장병, 뇌졸중, 치매에 걸릴 확률을 높인다는 것이다.

한평생 열심히 살았다고 믿어온 자신의 삶이, 사실은 건강한 게 아니라는 것도 진정 알게 되었다.

이렇게 사는 게 옳은 게 아니었다. 오래 건강하게 풍족하게 살려면 돈을 아껴 모아야 하겠기에 결혼도 안 했지만, 결국은 이렇게 살아온 탓에 더 빠르게 죽어가고 있었다.

국씨 아재는 처음으로 소불고기덮밥이 자신의 외로움을 달래주는 약과 같은 밥이었음을 깨달았다.

나이가 들면서 점차 건물 청소하다 관절 다치는 일도 늘고, 계단 내려가는 게 점점 힘들어졌다. 종일 일어나지 못하고 밥도 못 먹고 저녁에 일어나는 일도 생겼다. 가는 세월이 야속하게 느껴지기도 했다.

주변에는 돈 달라는 놈들만 있을 뿐 아무도 없었다. 언젠가는 대장에 용종이 생겨 내시경을 한다는데, 데려갈 보호자가 한 사람도 없었다. 간병인 파견 회사에 전화를 하니까 하루만 오는 것은 안 온다고 3일치 급여를 주면 온다고 했다. 국씨 아재는 "됐다 그래" 하고 혼자 내시경을 받으러 갔지만, 병원에서는 보호자를 데리고 오라고 했다. 하는 수 없이 동네에서 소일거리 하는 친구 한 명을 일당을 쳐주고 같이 가서 내시경 수술을 받았다.

골절 수술을 받을 때처럼 돈이 아니면 달려와줄 친구 하나, 가족 하나 없다는 게 너무나 서운했다. 앞으로 남은 날들을 어찌 보낼지 한숨이 나왔다. 참으로 이렇게 살아온 세월이 야속했다.

저승 가서 하느님이 너 진심으로 좋아하는 사람 한 명만 데리고 오라 한다면, 글쎄 아무도 없을 것 같았다.

이건 사는 게 아닌 것 같았다.

국씨 아재는 환갑이 넘은 그때 비로소 삶의 문제를 돈만으로 해결할 수 없다는 걸 여실히 느꼈다. 이제부터 다르게 살리라 조금씩 생각을 고쳐먹었다.

유미는 주방으로 들어가 준비된 소불고기덮밥을 가지고 나왔다.

예쁜 대접에 하얀 쌀밥을 소복이 담고, 지글거리는 불고기 위에 당근과 계란프라이, 양파 고명을 올렸다. 그리고 자잘하게 썬 파와 통깨를 뿌렸다. 고소한 고기 냄새가 사람들의 코를 간질였다. 유미는 음식을 나눌 준비를 했다.

영순이 숟가락을 들고 기다리면서 국씨 아재에게 정말 궁금하다는 듯 물었다.

"국 사장님, 정말 알뜰살뜰 사시잖아요. 그런데 그때 왜 100만 원이나 쓰셨어요?"

그녀는 유미와 국씨 아재의 대화를 엿들었다.

국씨 아재는 호통을 쳤다.

"허, 거 참. 그럼, 사람이 곤경에 처한 걸 보고 그냥 가란 말이오? 그놈은 돈 안 주면 안 떨어질 녀석이었다고, 딱 봐도! 게다가 김경자 사장님은 나에게 그 적은 6천 원 돈을 받고도 새벽에도 굶어죽을까 싶어 소불고기덮밥을 가져다준 양반인데? 나한테는 은인이라고. 내가 1만 원을 건네면 항상 그냥 가져가래도 거스름돈을 줘. 그런 사람을 어떻게 안 도와요?"

이때 왕년이모가 깔깔거리면서 웃었다.

"호호호, 그게 남자가 여자 좋으면서 감추려니 쑥스러워 그렇게 했던 거 아니에요? 호호호호, 국씨 아재요. 좋다면 좋다고 하지."

"뭐어? 아니 이 사람들이!"

국씨 아재는 얼굴이 붉어졌다. 유미는 아재를 말리면서 자리에 앉히고 다들 덮밥을 맛보게 했다.

왕년이모는 긴 속눈썹을 파르르 떨면서 5센티미터가 넘는 네일을 튕기며 말했다.

"그래, 바로 이 냄새야. 10년 전 여기서 먹던 고기 맛 기억난다. 후우, 정말 경자 언니 생각나네. 왜 이렇게 빨리 가셨을까. 그나저나 국씨 아재에게 남긴 건 뭐예요? 궁금해요."

유미가 주방으로 들어가 커다란 쟁반에 무언가를 가지고 나오는데 갑자기 쿡 하고 울음을 참는 소리가 크게 들렸다.

국씨 아재였다. 그는 울음을 끝까지 참다 터뜨렸다. 왕년이모가 손수건을 빼서 그의 눈물을 닦아주었다.

"허엉허엉, 10년 전 5층에서… 다리가 불편한데… 자존심에 아무에게도 부탁을 못 하고… 하루 종일 쫄쫄 굶다가….'"

"그래요, 다 털어놔요. 왕년에 내가 얼마나 남자들 말을 잘 들어줬는데요. 지금은 주변에 한 명도 없지만."

"그런데 여기 유미분식 사장님헌테 새벽에 떨리는 손가락으로 전화를 걸어 부탁했는데, 소불고기덮밥을 만들어… 날 살리신 겁니다…. 으허허헝….'"

사람들이 국씨 아재를 달래자 겨우 눈물을 멈추었다.

"어딜 가도, 아무리 좋은 음식을 사 먹어도 여기 소불고기덮밥 맛은 안 났어요. 아주 좋은 한식당에 가도요."

영순이 코웃음을 쳤다.

"국 사장님이 좋은 음식점에 다녀요? 호호, 설마요."

왕년이모는 국씨 아재의 옷을 위아래 살피면서 옷을 뒤집어 라벨을 살폈다.

"오, 그래도 이 옷 비싼 브랜드 같은데요? 유미분식 사장님 부고장 받고 산 거예요?"

"아니요. 몇 년 전부터 몸이 무척 아프고 다리 수술도 마음 세게 먹고 하면서부터, 그래 이제는 돈 짊어지고 저승 갈 거 아니니 그래도 좋은 음식 다양하게 먹으려 하고, 손수 요리도 합니다. 지금은 기부도 하고 옷도 사고 그럽니다."

유미는 쟁반을 덮은 덮개를 국씨 아재에게 열라고 부탁했다.

"엄마가 남기신 거예요."

국씨 아재는 떨리는 손으로 조심스레 덮개를 들었다. 쟁반 위에는 철제 도시락이 올려져 있었다. 참깨가 송송 뿌려진 소불고기덮밥 요리가 도시락에 들어 있었다. 윤기가 흐르는 소불고기에 당근과 양파, 대파, 양배추, 버섯이 올려져 있었다. 참으로 먹음직스러웠고 냄새가 구수하고 달짝지근했다.

"10년 전에 엄마가 배달가실 때 쓰던 도시락에 직접 드리라고, 엄마가 그렇게 대접해드리라고 말씀하셨어요."

"어디 가도 유미분식 사장님이 만들어주는 소불고기덮밥 맛이 안 나더라. 여기 참기름 냄새가 솔솔 올라오는 그런 맛은 어디에도 없었어. 고기 누린내 한 점도 없이 얼마나 깔끔하던지. 특별한 조리법이라도 있는 건가 궁금했지."

유미는 길쭉한 유리병을 보여주면서 말했다.

"엄마는 직접 담근 생강술로 고기 누린내를 잡으셨어요."

"그렇구나. 어디…."

국씨 아재는 숟가락을 들고는 소불고기덮밥을 한 수저 크게 떠서 입에 넣었다. 그러고는 눈을 감고 아주 천천히 씹었다. 유미와 사람들이 국씨 아재의 반응을 살폈다.

그는 고개를 크게 끄덕이면서 눈을 천천히 떴다.

"아주 똑같다. 사장님이 내던 맛이야. 유미야, 정말로 고생 많이 하고 노력했구나. 고맙다, 이 맛을 다시 맛보게 해줘서."

유미는 밝게 웃었다. 영순과 왕년이모가 유미의 어깨를 토닥토닥 두드렸다.

"엄마 가게를 물려받는다니 얼마나 기특해요. 우리가 여기 종종 와서 만나고 밥 먹고 팔아줍시다."

개떡 남편이 큰 목소리로 말했다.

"아니, 왜 나는 뭐 준다는 선물이 없어?"

유미가 답했다.

"오늘 모임 마지막에 드릴 게 있습니다. 기다려주세요."

국씨 아재는 숟가락을 놓고 고개를 끄덕이면서 입을 열었다.

"내가 김경자 사장 유지를 받는 입장에서 이 가게 유미가 물려받아서 하면 멋지게 새 간판 만들어줄게. 예전의 인색한 자린고비 국씨가 아니라고. 이렇게 문구 짜면 어떨까? 실패 없는 고 김경자 사장의 유미분식, 딸이 이어받다."

개떡 남편이 가르마를 손으로 쓸어넘기면서 코웃음을 쳤다. 그는 셔츠 깃을 세우면서 말했다.

"그렇게 촌스럽게 하면 누가 옵니까? 국씨 아재요. 이렇게 해요. 아이디어 줍니다."

그는 목소리를 가다듬었다.

"시골에서 상경해 10대부터 분식 요리에 힘써 최고봉을 향해 달려온 김경자 사장 이곳에 잠들고, 그를 사부로 모신 딸 유미가 사부의 정신을 다시 펼칩니다! 유미분식의 위대한 탄생."

유미가 손을 저었다.

"저희 어머니 10대부터 요리 안 하셨어요. 저 태어나고 나서 초등학교 입학해서 아빠 돌아가셔서 그때부터 일하시다 뒤늦게 창업하신 거예요."

개떡 남편이 미소지었다.

"어허, 누가 있는 그대로 원조 맛집이라고 하나요? 다 그런 거지, 암."

유미는 고개를 숙였다.

"이렇게 애써주시는 만큼 제가 엄마의 뜻을 받들어 유미분식 잘 이끌어 나갈게요."

참석자들을 손뼉을 크게 치면서 격려를 해주었다.

"이번에는 다음 음식을 만들어 올게요."

유미는 빈 접시를 챙겨서 주방으로 들어갔다.

소불고기덮밥

재료 : 불고기용 소고기, 양파, 밥, 당근, 양배추, 버섯, 대파, 다진
　　　마늘, 간장, 올리고당, 참기름, 생강술

1. 후라이팬에 오일을 붓고 핏물을 뺀 소고기를 볶습니다. 손질해 잘
　 게 썬 양파와 당근, 양배추를 볶습니다.

2. 다진 마늘을 넣고 대파를 넣어 익으면 버섯도 넣어줍니다.

3. 간장을 두 큰술, 올리고당과 참기름을 넣고 볶다가 생강술을 한
　 큰술 넣습니다.

4. 고기와 채소가 다 익으면 완성~. 따뜻한 밥 위에 얹고 후추가루와
　 깨를 솔솔 뿌려줍니다.

소불고기덮밥은 단백질 영양식이라 저도 많이 먹습니다. 분식집에
선 비싼 메뉴지만, 중년층에도 은근히 인기가 있습니다. 저렴한 가
격에 고기를 먹을 수 있으니까요.

경찰시험 준비생이 마시던 어묵탕 국물

강동경찰서 여성청소년과에 근무하는 강미성 경장은 최근에 귀찮은 일이 벌어졌다. '초간단 단순 알바'라는 제목의 문자를 보내서 SNS에서 100건의 문자를 보내면 1만 원을 준다는 문자에 낚인 고등학생들을 조사했는데, 이 일로 미성이 미성년자들을 강압적으로 조사했다는 민원을 받았기 때문이다. 이 문자들은 사실 불법 도박을 유도했고, 고등학생들이 이 문자 링크로 접속했다가 수백에서 수천의 빚을 진 채 학교를 자퇴하고 알바를 뛰게 만든 사건이었다.

미성은 그 사건을 형사들과 같이 조사하다가, 망원(첩보원)에게 정보를 받아 학생들 몇몇을 조사했다. 그런데 그 부모들이 경찰서에 민원을 넣은 것이다. 미성년자는 보호자가 있어야 취조 탐문이 가능하다는 조항을 들어 미성을 압박했다.

미성은 한숨을 쉬면서 경찰서로 나갈 준비를 마쳤다. 오늘도 근무를 마치면 집에 가서 푹 자려는 생각뿐이었다. 경찰 공무원 시험에 오래도록 매달린 결과로 지금은 바라던 경찰이 되었지만, 요즘은 회의가 들었다. 여성청소년과 업무 특성상 학생들이나 부모들을 만날 기회가 많은데, 아니 공무원을 이렇게 무시해도 되나 싶을 정도로 막말이나 항의가 많았다. 학생들은 말할 것도 없고 부모들도 막무가내로 자식의 문제를 학교와 상대방 피해자 학생 탓으로 돌렸다.

미성은 사무실에서 편지를 한 통 받았다.

〈초대장〉

당신을 유미분식에 초대합니다. 유미분식을 기억하시는지요? 저는 유미분식 김경자 사장님의 딸 황유미입니다. 10년 만에 편지를 드린 이유는 저희 어머니가 돌아가셨다는 소식을 전해드리기 위해서입니다. 어머니가 돌아가시면서 남기신 유언은, 그동안 잊히지 않는 고마운 유미분식 손님들에게 음식을 대접하고 어머니가 남긴 것을 전해드리라는 말씀이었습니다.

주변 상인들에게 어렵사리 수소문해 이사 가신 주소로 편지를 드렸습니다. 연락 주시면 시간과 장소를 알려드리겠습니다. 그럼 아래에 적힌 휴대전화 번호로 꼭 연락주시길 바라겠습니다.

미성은 고개를 갸웃했다. 분명히 알고 있는 가게다. 공무원 시험 준비를 하는 동안 정말 힘들 때마다 찾아가 어묵탕을 먹고 국물을 따뜻하게 맛보던 분식집이다.

미성은 초대장을 뒤집어 뒤를 보았다. 뒤에 이렇게 손글씨로 적혀 있었다.

'강 경장님, 저희 어머니가 돌아가신 데는 비밀이 있습니다. 부디 꼭 오셔서 그 비밀을 풀어주시기 바랍니다.'

미성은 녹차를 마시면서 이게 무슨 말인가 싶었다. 10년 전 추억의 분식집에서 온 초대장도 새로웠지만, 비밀을 풀어달라니. 새삼 추리소설에 탐닉하고 셜록 홈스와 미스 마플, 탐정 코난에 심취하던 학창 시절과 경찰 지망생 시절이 떠올랐다.

미성은 대학을 졸업한 뒤 서울에 원룸을 얻고 경찰 공무원 시험을 준비했다.

매일 오전 6시에 기상해서 경찰시험학원 도서관에 가서 공부를 시작했다. 9시부터 수업을 듣고 학원 근처 고시생 식당에서 식사하고 공부를 하다가 저녁 수업을 들었다. 그리고 틈틈이 체력 시험을 준비하러 체육관에 가서 체력을 단련했다. 밤에 집으로 가는 길에 너무 배가 고파 가끔 유미분식에 들러 어묵탕과 김밥을 먹었다. 따뜻한 어묵탕 국물로 몸에 온기를 채우고 허기진 배를 채웠다. 오래도록 준비하면서 필기와 체력 시험을 열심히 준비했지만 결과는 흡족하지 못했다.

먹는 게 부실하고 늘 공부를 하며 앉아 있다 보니 20대 나이에도 체력이 떨어졌다. 어깨 통증에 손목도 저렸다. 무엇보다 엄청 화창한 날에 고시 공부를 하는 자신이 처량했다. 지방에 계시는 부모님도 건강이 좋은 편은 아니었다. 새벽에 학원 가기 전에 거울을 보면 부스스한 머리카락에 무표정한 얼굴과 앙상한 체구의 자신이 있었다.

고시촌에 있는 공시생들이 우울증에 걸린 확률이 꽤 높다는데, 자신도 불면증에 불안증을 겪고 있었다. 미래가 안 보이는 현실, 그 힘든 시절의 밤에 유미분식에 가서 어묵탕으로 속을 달래고는 했다.

하루는 속상해 울다 나와서 어묵탕을 묵묵히 먹는데, 사장님의 두툼한 손이 테이블에 불고기 한 접시를 내려놓았다.

"이거 들어요. 저기 건물 사장님이 다리가 불편해서 소불고기 도시락을 주문하면 가져다드리는데, 오늘은 안 오시고 전화도 없네요. 고기가 남는 거니 그냥 먹어요."

"네? 아니 괜찮습니다."

"그냥 먹어요. 내가 만든 음식 난 지겨워서 그래. 후후, 오늘 어묵탕에 홍합 좀 넣어봤는데 어때요?"

"아, 맛있어요."

"홍합은 손님들이 발라 먹기 귀찮으니까 원래 잘 안 넣는데, 학생 와서 특별히 넣어준 거야. 아까 시장에서 집 가서 홍합탕 끓여 먹으려 사둔 거거든. 싱싱하니 맛있을 거예요."

유미분식 사장님은 동글동글한 얼굴에 선한 미소를 띠고 어서 먹으라 손짓하셨다.

"감, 감사합니다."

미성은 그날의 어묵탕의 매콤하고 칼칼한 맛과 소불고기의 달달하고 고소하고 참기름 향 나는 그 맛을 지금도 잊지 못했다.

분식점 사장님은 머리에 베이지색 두건을 쓰고 두툼한 손으로 늘 이것저것 재료를 다듬고 음식을 만들어줬는데 먹고 나면 온몸에 땀도 나면서 훈기가 느껴졌다.

하루는 미성이 분식점 앞을 지나다가 가게 앞에 놓아둔 길고양이 밥그릇을 유심히 보았다. 하얀 털에 반점이 있는 새끼 고양이가 저만치서 먹으려고 다가오다 멈칫거렸다. 고양이를 잠깐 보다 지나치는데, 꽃나무 뒤에 숨은 분식집 사장님과 눈이 마주쳤다.

"엇!"

"학생, 놀라지 마요. 나도 저 고양이가 어찌나 예쁜지 몰래 보려다 숨은 거야. 고양이가 사람이 빤히 보거나 다가가면 도망치거든요. 그나저나 경찰시험 공부하는 것 같던데."

"네? 어떻게 아셨어요?"

"수험서 표지 보니까 알죠. 나 좀 잠깐 도와줄래요?"

사장님은 미성에게 분식집으로 들어오라고 손짓을 했다.

미성은 분식집으로 들어가 사장님이 내미는 사진을 보았다. 분식집 가게 안이 흐트러진 모습이다.

"아까 내가 숨은 그 철쭉나무 화분 아래에 분식집 열쇠를 숨겨 뒀거든요? 가끔 열쇠를 집에 두고 오거나 잃어버리면 그걸로 열고 들어오는데, 근데 그 열쇠가 1주일 전에 없어지고 바로 엊그저께 누가 우리 가게에 들어와 냉장고를 막 뒤지고 그랬지 뭐예요."

사장님은 자물쇠를 그냥 바꿔버리기에 너무 찜찜하다고 했다.

"여기 가게에 훔쳐갈 것도 없어요. 그렇지만 우리 딸이 먼저 나와 있다 무슨 일 겪을까 두려우니 범인을 잡을 수 있을까 해서요. CCTV 설치하자니 비용이 꽤 나와서, 어떻게 하는 게 좋을지 방법만 알려주면 내가 시키는 대로 다 할게요. 저번에 보니 학생이 경찰시험 보기도 하고, 명탐정 코난 만화책도 보는 것 같고 해서. 나 물어볼 사람이 학생밖에 없어요."

미성은 고개를 갸웃했다.

"글쎄요. 경찰시험을 준비하기는 하는데 아직은 경찰도 아니고요. 그래도 걱정되신다고 하니 고민은 해볼게요."

"어구, 고마워요. 잠깐만 기다려요."

그녀는 주방으로 들어가 손에 작은 봉투를 들고 나왔다.

"오늘따라 국물이 제대로 나왔어요. 어묵탕하고 떡볶이인데 가져가서 맛있게 먹어요."

"아, 아니요. 해드린 것도 없는데, 괜찮습니다."

"얼른 가져가요, 손 부끄럽게. 그리고 잘 부탁해요. 방법만 알려주면 내가 다 해볼게요."

"네. 고맙습니다, 사장님. 가볼게요."

미성은 집으로 돌아와서 곰곰이 생각을 해보았다. 하지만 딱히 떠오르는 방법은 없었다. 이럴 때 형사들은 CCTV가 없으면 그냥 잠복 근무를 한다.

새벽 3시, 미성은 공부가 손에 잡히지 않고 머리는 산만했다. 불투명한 미래에 대한 불안, 부모님에 대한 미안함이 가득해져서 기분전환을 하러 무작정 일어났다. 대충 운동복을 걸치고 원룸을 나와 한강변으로 뛰어갔다. 전속력으로 달리다 숨을 고르면서 천천히 걸어가는데, 마침 유미분식 사장님의 당부가 떠올랐다. 미성은 유미분식 쪽으로 바삐 걸어갔다.

저만치 유미분식 간판이 가로등 아래로 보였다. 오래된 건물들은 달빛 아래 고요히 있었다. 지나다니는 사람은 없었다.

미성은 분식집 앞에 서서 지켜보는데, 갑자기 작은 소리로 누군가 자신을 불렀다.

"어? 이리로 와요."

"엥?"

미성이 주변을 두리번거리는데 꽃나무 뒤로 사장님이 보였다.

"어서어서."

꽃나무 뒤로 미성도 들어갔다.

"거기 서 있으면 고양이들도 안 와요. 그나저나 왜 이렇게 위험하게 새벽에 나왔어요? 나도 학생한테 알아봐달라고 말해놓고, 걱정돼서 와본 거예요. 진짜 강도거나 하면 어쩌려고 이 새벽에 왔대요? 이렇게까지 신경 써줘서 너무 미안해요, 학생."

미성은 그냥 공부가 손에 안 잡혀서 바람 쐬러 나온 김에 들렀다고 말하려다가, 말을 바꿨다.

"아, 사장님 어묵탕이… 맛있어서요."

"응? 잠깐, 쉬, 쉬잇…."

분식집 앞에 서성이는 그림자가 나타났다. 미성이 눈을 크게 뜨고 보니 분명히 마른 체구의 사람이었다. 그 사람은 열쇠로 분식집을 열고 들어갔다. 미성이 얼른 뛰어나가 문 앞에 서서 외쳤다.

"누구세요? 누구신데 여기 아무도 없는 분식집에 들어오려고 해요?"

그러자 그 사람이 갑자기 분식집 집기를 바닥에 던지는 소리가 와르르 들렸다. 그 소리를 듣고 분식집 사장님도 꽃나무 뒤에서 나와 덜덜 떨면서 외쳤다.

"사람 다쳐요! 그러지 마요! 제발⋯."

미성은 용감하게 분식집 안으로 들어가서 말했다.

"여기 나와 이야기 좀 해요. 우리는 도움을 주려고 합니다."

미성은 예전에 읽었던 위기협상대응 관련 책을 떠올려 살살 달래듯 말했다.

"배, 배가 고파서요⋯."

어둠 때문에 마른 체구로 보이던 사람은 알고 보니 소년이었다. 얼굴에는 검댕이 붙어 있고 옷은 남루하고 신발은 지저분했다.

사장님은 소년을 분식집 안으로 들어오게 해서 음료수를 건네면서 테이블에 앉혔다. 소년은 덜덜 떨리는 손을 모아 잘못했다고 빌면서 말했다.

소년은 가출해서 돌아다니던 중에 돈도 떨어지고 결국 동네를 헤매다가 우연히 분식집 열쇠를 발견했다고 했다. 그러면 안 되는 걸 알면서도 배가 너무 고프고 도와줄 사람도 없어서 밤에 몰래 들어와 냉장고를 뒤졌다. 그리고는 소시지나 어묵, 남은 김밥 재료를 먹고 몰래 분식집 문을 닫고 나간 것이다.

"죄송합니다. 잘못했어요. 다시는 안 그럴게요. 한 번만 용서해 주세요."

소년의 울먹거리는 목소리에 사장님은 마음이 아팠다. 미성도 마음이 움직였지만 일단 지켜보기로 했다.

"어린 학생이 참 고생했네. 배고파서 어떡해. 내가 뭐라도 내올 테니까 잠깐만 기다려."

사장님은 냉장고를 열어 어묵탕을 끓였다. 홍합과 꽃게를 넣고 대파와 양파, 무를 넣고 청양고추도 넣어 얼큰하게 요리했다. 그리고 김밥도 말아서 내왔다.

소년은 머뭇거리다 젓가락을 들어 음식을 입에 넣었다. 미성도 긴장이 풀리자 출출해져서 김밥 몇 알을 집어먹고 진한 어묵탕 국물을 들이켰다.

속이 시원했다. 출출한 속만 풀린 게 아니었다. 미스터리가 풀리고 호기심이 충족되고 누군가를 도왔다는 데 자부심이 들었다.

"집에는 안 들어가요?"

소년이 고개를 저으면서 말했다.

"엄마한테 미안해서 못 들어가겠어요. 친구들과 어울리다가 돈을 훔쳐서 집을 나온 지 1주일 됐어요. 시장에서 고생만 하시는데, 어머니가 고생하시는 건 다 저 때문이에요. 저 돈 벌어야 돼요."

"어서 연락드려요. 1주일 동안 잠 안 자봤어요? 아마 어머니 지금 1주일 동안 한숨도 못 자고 찾고 계실 거예요."

그러자 소년은 고개를 푹 숙였다. 사장님이 대신 전화를 걸어 소년의 사정을 잘 말해주기로 했다. 그 새벽에 전화를 걸었음에도 소년의 어머니는 고작 신호 한 번 울리자마자 받았다. 자초지종을 설명하니 휴대전화 너머 소년의 어머니는 울음을 터뜨리면서 연신 감사하다고 했다.

사장님은 떠나는 소년에게 언제든지 분식집에 밥 먹으러 오라고 당부했다. 소년은 미성과 함께 집으로 향했다.

그날 미성은 마음이 뿌듯했다. 그 사건으로 미성은 거리를 떠도는 청소년들에게 관심을 갖게 되었다. 왜 경찰이 되어야 하는지 그 이유가 분명해졌다. 그 후 시험에 합격하고 여러 지구대에서 로테이션 근무를 하다가, 여성청소년과에 배치되었다. 가고 싶은 부서였기에 진심으로 기뻤다.

지친 영혼을 달래주는 음식이 있다면 그런 맛일까? 유미분식 사장님이 만들어주시던 어묵탕 같은 따스한 마음을 지닌 경찰관이 되고 싶었다. 하지만 현실은 낭만적이지만은 않았다. 몸과 마음 모두 지치기만 할 뿐이었다.

미성은 최근의 자신의 삶을 뒤돌아보았다.

매일 출근하면서 아이스커피 빨대를 입에 꽂는다. 출근해서 아직 근무시간이 되지 않았으면 숏폼 동영상을 본다. 주로 팝송에 맞추어 두 명이나 세 명의 사람이 춤을 추는 영상인데, 은근하게 중독이 있어 하루에 3개로 제한해놓았다. 그리고 온라인 쇼핑몰에서도 물건을 하루에 3개만 사는 걸로 했다. 생필품 사러 갈 시간을 아껴 일한다는 명목이지만 이것도 중독 같았다. 잠이 안 오면 쇼핑몰 검색창에 수면유도제나 수면을 돕는 영양제를 검색하는 게 일과다.

왜 이럴까. 늘 입에 뭔가 마시거나 먹지 않으면 손에는 무언가를 집지 않으면 불안하다.

최근에는 수면장애도 있어 잠을 잘 자지 못한다. 맡고 있는 일이나 민원인 대하는 데서 오는 스트레스도 있지만, 친구들도 비슷한 상황과 스트레스 상황에 있다는 것을 알고 있다. 자신만 그런 것도 아니었다.

헛헛함, 허전함… 그런 감정이 늘 들었다. 왜 그럴까. 현대인의 소외감이나 고뇌같은 걸까? 경찰이 되겠다는 의지를 잃어버린 것은 아닐까?

뜨는 힙합 뮤지션의 노래를 들으면서 헛헛함을 날려버리곤 했지만, 아무래도 매일매일 그날이 그날 같았다.

힘들게 하는 피의자들을 많이 접하다 보니 체력적으로도 지쳤지만, 사람들에 대해 무감각하고 냉소적이고 비판적인 태도를 가지게 되는 문제가 컸다. 객관적으로 대한다지만 민원인들의 고통을 모른 척하고, 웬만해서는 귀찮은 일이 벌어지는 걸 경계해서 사건에 대해 소극적으로 대처했다. 이러다 보니 초심은 사라지고, 사건을 접하면 어떻게 하면 쉽게 지나갈까를 먼저 고민하게 되었다.

미성은 중독처럼 열게 되는 인공지능 챗봇 사이트를 열어서 하소연했다.

－내일 회사 가서 일할 생각하니 우울해.

2초 후에 답이 나왔다.

- 많은 사람이 일상에서 벌어지는 일들을 힘들어합니다. 게다가 자신의 능력을 보여야 하는 업무를 매일 출근해서 해야 한다는 데 힘들어하죠. 당신만 힘들어하는 건 아닙니다. 우울하다면 스트레칭이나 운동을 추천드립니다. 뇌가 호르몬을 분비해 기분이 좋아집니다.

또한 우울 증세는 정신 문제이니 근처 정신 의학과를 찾아가 상담하길 권합니다. 취미나 관심사에 몰두하는 것도 추천드리면서 긍정적 생각으로 스트레스를 극복하세요.

주변의 가족, 친구, 연인, 동료 등 가까운 사람과 소통하고 상담심리센터에서 하는 전화상담도 이용해 보세요. 전화번호는 아래를 참조하세요.

인공지능 챗봇은 항상 비슷한 말을 해준다. 하지만 아무에게도 함부로 꺼낼 수 없는 마음에 쉽게 답을 얻을 수 있다. 자신이 나약하고 보잘것없다는 생각이 들 때, 이런 식으로라도 듣고 싶은 말을 듣고 싶었다.

경찰은 나약해 보여서는 안 된다는 강박이 미성을 지배했다. 사건을 잘 해결해 나갈 수 없겠다는 생각도 들었다.

최근에 한 가정의 남편과 아내를 조사하면서 겪은 당혹감은 자존감을 일시에 날려버리고, 일에 대한 열정과 흥미도 떨어뜨렸다. 학생과 전화 연락이 되지 않아 담임선생님이 경찰서에 찾아온 일이 있었다. 미성이 학부모를 찾아가보니 부모는 별거 중이었다. 미성은 집에 있던 아이 아빠를 탐문했다. 그는 아내가 아이를 데리고 가서 홈스쿨링 중이라며 전화번호 하나만 주고 문을 쾅 닫았다. 무례한 건 그럴 수 있다고 치더라도, 자기 자식의 일임에도 냉정한 아버지는 이해하기 어려웠다.

경찰서 여성청소년과 직원들은 선한 오지랖이 때로는 아이들을 구한다는 말을 한다. 아이를 위해서는 부모가 완강하게 저항해도 무슨 일이 벌어지는지 주변을 살피고 들여다봐야 한다는 뜻이다. 그만큼 사건을 들여다보는 눈이 세심하고 깊어야 한다.

미성은 자신의 태도가 아직도 그런 선한 오지랖이 있기는 한 걸까 하는 생각도 들었다.

미성이 최근 맡은 또 다른 사건은 스토킹 범죄였다. 직장에 다니는 한 여성이 자신을 스토킹한다고 남성을 고소한 것이다. 남성을 피고소인으로 불러 조사를 했는데 진술이 이랬다.

"아니, 제가 사실은 고백한 적은 있습니다. 하지만 그 후에 일이 어떻게 됐는지 아십니까? 경찰관님, 저도 정말 괴롭게 됐다고요."

남자의 말에 의하면 고백을 했지만 여자가 심드렁하게 대했다고 한다. 그런데 갑자기 주말에 만나자고 해서 희망을 품고 나갈 준비를 했는데, 약속을 펑크 내고 만나주지 않았다. 그런 일이 몇 번 있었다고 했다. 그러던 어느 날 갑자기 젊은 여성 유저들이 많은 커뮤니티 사이트에 자신의 이름 이니셜과 다니는 회사 이니셜이 박제되어 있었다는 것이다.

"저도 일이 이렇게 될 줄은 몰랐습니다. 같은 직장 내의 동료가

자기 분수도 모르고 고백을 했다는 둥 어쨌다는 둥 자신을 스토킹한다는 둥 아주 소설을 써놨어요. 경찰관님, 맹세코 그냥 고백을 한 번 한 것이지, 제가 먼저 연락을 과도하게 하거나 스토킹을 하거나 한 일은 절대로 없었습니다."

그의 말로는 상대방이 오히려 그 일 이후 과도한 연락과 약속 펑크 등등 사람을 피곤하게 만들고, 이제는 회사에서도 그 커뮤니티 글이 알려져 망신을 당하고 자신은 퇴사까지 고려하고 있다는 것이다.

"아니, 고백이 마음에 안 들면 그냥 거절하고 깨끗이 지나가면 될 것을, 왜 사람을 커뮤니티에 올려서까지 망신을 주고 이런 식으로 일을 부풀리는지 모르겠습니다."

"정말 일이 그렇게 된 것인가요?"

"네, 이런 일은 명예훼손이나 무고죄로 맞고소를 할 수는 없을까요? 퇴사도 고려하고 병원에 다니고 있습니다."

"이름을 정확하게 거론한 것이 아니어서 명예훼손에 해당할 수는 없지만, 만약에 말씀하신 게 사실이고 피해를 받은 것이라면 변호사를 찾아가 고소를 할 수도 있겠지요."

미성은 다음날 고소인 여성을 다시 만났다. 남성의 진술을 말해주자 그녀는 노발대발하면서 소리를 쳤다.

"이거는 사실 회사 대표랑 그 남자가 짠 거 같아요. 솔직히 제가 업무 태만 지적받은 적도 몇 번 있고 실적도 좋지는 않아요. 요즘 회사원들 자주 가는 커뮤니티 앱에서 고백으로 사람을 귀찮게 하고 공격하는 일이 자주 있댔어요. '고백 공격'이라는 말로 지칭하는데 그거 아닌가 싶어요. 그러니까 저는 피해자라고요!"

"고백 공격이요? 그러니까 거짓으로 고백을 해서 사람을 귀찮게 한다고요?"

"네, 그런 것 같기도 해요. 분명히 대표가 시켰을 거예요. 그래서 커뮤니티에 올려 저격을 해서 당사자들이 어떻게 나오는지 살피려는 거예요. 상황 봐서 대표와 짠 거라면 대표도 고소하려고요."

일단 어느 쪽 말이 맞는지 정확하게 파악이 안 되는 사건이었다. 이건 고소한 여성의 추측이 맞다면 회사 대표와 직원도 불러 모의를 한 부분이 있는지 법에 저촉되는 부분이 있는지 알아봐야 했다. 그리고 스토킹한 단서도 알아내 검증을 해야 했다.

만약 고소당한 남자가 진심으로 고백을 했는데 여성이 공개적인 반응으로 괴롭게 한다면 경찰이 나서서 해줄 일은 없다. 대표와 모의해서 거짓 고백으로 직원을 괴롭혀 스스로 퇴사하게 하는 거라면 대표도 조사해야 한다.

어느 하나 쉬운 사건이 없지만 요즘에는 특히나 피해자와 피의자가 모호한 사건이 유독 많았다.

그날도 복잡한 사건을 조사하느라 힘든 날이었다.

미성은 잠을 설치고 다음 날 새벽에 조깅을 하러 나왔다. 최근에 수면장애가 좀 심해졌다. 습관도 문제인 게 침대에서 휴대전화로 미드도 보고 친구들 SNS도 보고 그러다 보니 새벽 3시를 넘겨 잠드는 일이 잦아졌다. 출근해 찌뿌둥한 채 미팅을 하고 업무를 보자니 상쾌하지 않았다. 하는 수 없이 수면유도제를 먹거나, 수면에 좋다는 상추를 많이 먹고, 대추차도 마셨지만 그냥 그랬다.

수면장애를 치료하려면 억지로 자는 것보다 습관적으로 일찍 일어나 무조건 하루를 시작하고 운동을 하라기에 조깅을 시작했다. 미성은 한강 둔치를 달리다가 곰곰이 생각했다. 분명히 지금 이 스트레스는 최근 맡은 일들에서 시작하는 것 같았다. 그중엔 이런 사건도 있었다.

부모의 불화로 집을 나와 번화가를 전전하고 학교를 결석하고 가출한 고등학생을 조사하고 있었다. 엄마가 직접 경찰서에 찾아와 이번에는 가출 기간이 길어졌다고 제발 찾아달라고 했다.

고등학교 2학년인 학생은 최근에 학교를 2주간 빼먹고 집에는 낮에만 잠깐 들르는 식으로, 밤에 집에 들어가지 않았다. 이름은 유선진이었다.

미성은 오늘 저녁 가출한 청소년들이 많이 모이는 번화가 거리에 가서 유선진과 친한 아이들을 조사해보기로 했다.

그날 저녁 미성은 잠시 벤치에 앉아 음료수를 뽑아 마시면서 휴대전화에 저장된 유선진의 사진을 보았다. 오목조목한 얼굴에 가

날픈 체구에 미니스커트에 부츠를 신고 틴트를 발라 언뜻 아이돌 같아 보이기도 했다. 유선진 엄마의 말로는 아이돌을 지망해서 말렸지만, 그런 일로 사이는 더 나빠지고 번화가 같은 데서 커버댄스를 추는 친구들과 친하다고 했다.

번화가 거리에서 가출한 청소년들은 눈에 띄는 편이었다. 일단 추울 때도 옷차림이 얇거나 슬리퍼에 양말을 신지 않기도 한다. 그리고 담배를 하거나 침을 자주 뱉고 무리들과 섞여서 밤에 어디론가 이동을 한다. 여자애들은 짙은 화장과 짧은 치마에 염색 머리, 남자애들은 딱 붙는 바지에 짧은 점퍼를 입고 앞머리는 이마를 덥수룩하게 덮는다. 체구는 마른 편들이다.

미성은 한참 아이들을 살피고 다니다가, 드디어 유선진을 발견했다.

"네가 선진이구나? 나 경찰서 여성청소년과 언니야."

"아, 뭐야. 엄마가 나 찾아요?"

"그래, 걱정 많이 하셔. 집에 들어가자. 학교에도 다시 가야지."

"에후, 참. 신경 끄라니까."

"밥은 먹었어?"

"배 안 고파요. 나 원래 소식해요."

"같이 좀 가자. 갈 데 있어."

미성은 선진을 근처 분식집에 데리고 갔다.

"이거 같이 먹자. 여기 얼마나 맛있게?"

미성은 따뜻한 어묵탕 국물을 종이컵에 따라주고 어묵꼬치를 집어주었다.

"경찰 언니가 사는 거예요? 떡볶이 먹어도 돼요?"

"그래, 맘껏 먹어. 내가 순경 때 집회 현장에서 근무했는데, 집회하시는 분들이 고생한다고 어묵국물을 주시는 거야. 얼마나 따뜻하고 맛있던지…. 예전에 경찰시험 준비할 때는 매일 시간은 없지, 배는 채워야지… 하는 수 없이 분식집 가서 먹었다. 이거 마시면 몸이 좀 풀릴 거야. 밤바람도 찬데 뭐 하러 고생하니? 집에 들어가자, 응?"

"나 그래도 집에 안 들어가요. 엄마랑 안 맞아요. 화장하는 것도 싫어 하고 크롭티도 못 입게 해요. 근데… 좀만 있다가 들어갈게요. 지금은 안 갈래요, 경찰 언니."

선진은 부모와 갈등으로 가출한 케이스다. 미성은 알았다는 듯 고개를 끄덕였다.

"걱정 마. 나도 강제로 뭐 어떻게 할 수가 없어. 부모님께는 일단 나중에 연락드릴게. 그나저나 왜 이러고 있는 거야? 커버댄스는 주말에도 할 수 있잖아. 이렇게 밖에 돌아다니다가 밤에 잘 데 없고 그러면 자꾸 나쁜 일에 엮일 수도 있고…. 그러니까 말리는 거지."

"하긴, 지난번에 만화카페 문 닫아서 PC방에 갔는데, 이상한 아저씨가 자꾸 음료수 주고 어디 같이 가자길래 도망쳐 나왔어요. 지나이는 생각 안 하고."

미성은 한숨을 쉬었다.

"거봐, 위험하지. 너 그렇게 집에 가기 싫으면, 내가 청소년 쉼터 연계해줄 테니까 일단 거기 가서…."

선진이 미성의 손을 탁 잡았다.

"경찰 언니, 우리 오늘은 어묵만 먹자. 제발요. 나 춤춰야 돼. 오늘까지 커버댄스 영상 찍기로 했단 말이에요."

선진은 어묵꼬치를 오물오물 먹다가 음악이 나오자 다시 버스킹 장소로 와다다닥 달려갔다. 그러다 뒤돌아보고 미성에게 큰소리로 외쳤다.

"나 여기 있는 거 엄마한테는 비밀!"

선진은 커버댄스를 추는 친구들과 뉴진스 'Hype Boy'에 맞춰 댄스를 추었다. 머리카락이 펄럭거리면서 앞으로 뒤로 재빠르게 움직이면서 춤추는 선진은 방긋방긋 웃는 모습이 흥겨워 보였다. 미성은 한숨을 쉬면서 선진의 부모에게 선진을 찾았다고, 조만간 집에 돌아가기로 약속했다는 문자를 보냈다.

며칠 후 미성은 선진을 우연히 길거리에서 만났다. 선진은 미성을 반갑게 맞았다.

"형사님, 저 집에 들어갔어요. 어제요."

미성은 선진이 너무 고마워서 안아주었다.

"그래그래."

함께 카페에 들어가 딸기스무디를 먹던 선진이 심각한 얼굴로 말했다.

"우리 옆집 남자애가 하나 있거든요? 그런데 걔가 항상 얼굴이 시무룩해요. 초등학교 4학년이라는데, 동생들 돌봐야 한다고 하고, 항상 쓰레기는 그 아이가 들고 나가요. 그 조그만 애가 먹을거리 장도 다 봐와요. 애가 장 본 거 무거워서 제가 몇 번 같이 들어다준 적도 있다니까요?"

"그래? 착하네."

"근데요, 밤에 그 집 엄마가 큰소리쳐 애를 혼내서 제가 맨날 밤마다 깬다니까요. 엄마 말로는 원래 그 애 엄마가 돌아가시고 아저씨가 재혼했다는데, 새엄마가 동생 둘을 데리고 들어왔대요."

"집 주소가 정확히 어떻게 되지?"

선한 오지랖이 필요할 때가 있다. 선진이 신고를 한 것도 아니고, 명백한 증거가 있는 것도 아니다. 하지만 짧지 않은 경찰 경력을 쌓은 미성은 가끔 이상하게 뒷골이 당기고 불길한 예감이 들 때가 있었는데, 그 예감이 사실로 들어맞을 때가 점점 많아졌다.

미성은 선진과 함께 그 집으로 향했다. 골목길 안쪽의 빌라 2층. 오른쪽이 선진의 집이고, 선진은 왼쪽 집을 가리켰다.

미성은 선진에게 벨을 눌러달라고 부탁했다. 옆집 학생인데 소음이 있으니 잠깐 문을 열어달라 말해달라고 시켰다. 아무리 경찰이라 해도 영장 없이 무작정 들어갈 수는 없는 노릇이다.

선진이 벨을 누르자 "누구세요" 하는 앳된 여자아이 목소리가 들렸다.

"나 옆집 사는 언니인데, 잠깐 문 좀 열어줄래? 밤에 잘 때 소음이 심해서 할 얘기가 있어."

"엄마 안 계시는데…."

"잠깐만 문 열어주면 안 돼? 옆집 사는 유선진 언니야."

아이는 문을 빼꼼 열었다. 선진이 말한 동생으로 보였다.

"오빠 집에 있니?"

미성이 선진 대신 여자아이에게 말을 걸었다.

"오빠 방에 있어요."

"잠깐 나와보라고 해달래?"

이때 자지러지게 우는 아이 목소리가 났다.

"어? 동생 운다."

"네, 제가 달래야 하는데…."

"엄마 어디 가셨어?"

"엄마는 내일이나 들어온대요."

"아빤?"

"아빠는 먼 데서 일해요."

"오빠 불러줄래?"

미성이 거듭 얘기하자 여자아이는 점점 떨기 시작했다.

"엄마가, 엄마가, 말하지 말라고…."

미성은 이상한 느낌이 들었다.

"어서 불러봐. 오빠를 만나야 해."

여자아이가 떨리는 목소리로 말했다.

"언니, 우리 오빠 좀 도와주세요. 방에 갇혀서 밥을 못 먹어요, 언니."

"뭐?"

미성과 선진은 여자아이가 열어준 문으로 조심스레 들어갔다. 선진은 우는 여자아이를 달래고, 미성은 안쪽 방으로 들어갔다. 아이의 침대가 있고 아무도 없었다. 가족사진이 있었다. 초등학생 남자아이 하나와 여자아이 둘, 부모가 사진 속에 있었다.

미성은 얼른 뛰어나와 문가쪽 방으로 갔다. 방문이 밖에서 자물쇠로 잠겨 있었다. 미성이 외쳤다.

"거기 누구 있니?"

"엄, 엄마? 저 배, 배고파요…."

미성은 얼른 보고를 했다.

"강동경찰서 여성청소년과 강미성 경장입니다. 학대아동 구조 출동 바랍니다. 가정집에 감금되어 있고, 영양실조 의심됩니다. 119구급대와 같이 순찰차 보내주십시오."

119구급대가 빠르게 출동해 자물쇠를 부수고 문을 열었다.

선진이 다가가 어두운 방 벽의 스위치를 켰다. 불이 들어오자 엄청 마른 남자아이가 속옷 차림에 묶여서 쓰러져 있었다. 구급대원들은 아이의 몸에 묶인 빨랫줄을 풀어주고 이불을 덮어 체온을 유지하게 해서 병원으로 옮겼다.

부모들에게 연락해 경찰 조사 일정을 잡았다. 함께 방치된 여자아이들은 임시 보호소에 연계하려 했지만, 선진이 돌봐주겠다고 해서 선진의 부모 허락을 받고 맡겨두었다.

아이를 구조한 뒤에 부모들은 아동학대 조사를 받았고, 재판 일정이 잡힐 것이다. 남자아이는 병원에서 입원 치료를 마친 뒤 친모에게 보내졌다. 친모는 경찰서에 달려와 아이를 안고 한참이나 울었다.

그렇게 미성은 아동학대 사건을 잘 처리할 수 있었다. 미성은 선진에게 고맙다고 톡을 보냈다. 선진은 뭔가 태어나서 가장 좋은 일을 한 것 같다고 답을 보내왔다. 학교도 잘 나가고 있다고 했다. 그러면서 경찰은 어떻게 해야 되는 거냐고도 물었다.

그러던 중 고백 공격 사건도 양자가 합의해서 고소를 취하했다고 연락이 왔다. 대표가 남자직원과 모의한 것도 아닌 걸로 오해가 풀렸고, 여자직원은 커뮤니티 글을 내리는 것으로 원만하게 합의했다.

미성은 사건을 해결한 후 마음의 여유가 생겨 유미분식의 초대에 가려고 마음을 먹었다.

그렇게 먼 곳에 있지도 않았는데 그간 오지 않았던 것 같았다. 유미분식에 도착하니 주변 골목이며 가게 인테리어가 하나도 안 변한 것 같았다. 오랜만에 와보니 참으로 반가웠다. 거기 모인 사람들과 간단한 인사를 나누었다. 경찰이라고 소개하니 왕년이모는 등을 두드리면서 고생한다고 말해주었다.

미성은 유미가 건네는 어묵탕을 들어 사발째 입을 대고 호로록 마셨다.

"어우, 시원하네요."

"입에 맞으세요?"

"그럼요. 이걸 얼마나 마시고 싶었는데요. 경찰 일 하다 보면 좀처럼 시간이 안 나요. 가야지 가야지 하면서도요. 지금도 퇴근하고 부랴부랴 왔는데요. 그나저나 유미 씨, 지금은 대학도 졸업했을 나이죠? 그때는 고등학생이었잖아요."

"네, 강미성 경장님."

"제가 경찰 된 건 어떻게 아셨어요?"

"여기 자주 오시는 강 경장님 고모님 통해 안 거예요. 조카가 경장 승진했다고 얼마나 좋아하시는데요."

"아, 그렇구나. 유미 씨, 동생이라고 여겨도 돼요? 나 언니라고 불러요. 어머니 소식은… 정말 안타까워요."

미성은 과거를 떠올렸다. 사장님과의 추억이 새록새록 떠오르면서 분식집에서 있던 일들이 눈앞에 스쳐 지나갔다.

미성은 분식집에 참석한 손님을 둘러보다가 유미가 자신에게 풀어달라는 미스터리는 대체 무엇인지, 사장님은 왜 돌아가셨는지 궁금한 걸 물어보고 싶은 마음을 어묵탕 국물과 함께 조금씩 삼켰다.

유미분식의 레시피

꽃게 홍합 어묵탕

재료 : 손질꽃게 2마리, 홍합 1팩, 양파, 무, 대파, 청양고추, 다진 마늘, 사각어묵 한 봉지, 국간장, 후추 등 양념

1. 꽃게를 씻고 홍합은 수염을 떼고 껍질끼리 비벼가면서 불순물을 제거해줍니다. 물기가 빠지도록 채반에 받쳐둡니다.
2. 양파는 한입 크기로, 무는 사각으로, 대파와 청양고추는 어슷썰기를 합니다.
3. 사각어묵은 길게 접어서 꼬치에 지그재그로 끼워둡니다.
4. 냄비에 꽃게, 무를 넣고 끓이다가 끓어오르면 홍합, 양파, 대파, 청양고추, 다진 마늘을 넣고 한소끔 끓여냅니다.
5. 국간장과 후추를 뿌려 간을 합니다.
6. 마지막으로 어묵 꼬치를 넣고 홍합이 입을 벌릴 때까지 약한 불에서 끓이다가 완성을 합니다.

07

대박을 꿈꾸던 청년의 치즈라면

분식집 문밖에서 오토바이가 서는 소리가 나고 누군가 내렸다. 헬멧을 벗은 청년은 동글동글하게 생긴 눈코입에 작은 눈으로 분식집 입구를 살폈다. 그는 고개를 끄덕거리다가 헬멧을 옆구리에 끼고 분식집 문을 활짝 열었다. 종소리가 울리면서 참석자들이 그를 보았다.

그는 라이더들이 입는 주머니가 많은 검은 조끼에 부츠를 신고 있었다. 작지만 탄탄한 체구였다. 왕년이모가 유미를 보았다.

"유미야, 오늘 영업도 하는 거야? 배달 라이더 오셨잖아?"

"안녕하세요, 정순기입니다. 여기 초대받은 사람입니다."

모인 사람들이 아하 하며 멋쩍어했다.

"잘 오셨어요, 정순기 님."

"제가 늦었죠? 일하고 오느라요. 이제 음식들은 다 나왔나요?"

"아직 치즈라면 남아 있습니다."

"아, 다행이네요. 제 최애 음식인데요. 아! 유미 맞지? 와, 정말 많이 컸네."

유미는 10년 전 기억을 떠올렸다.

순기는 유미보다 네 살 많았는데, 고등학교를 마친 뒤 요리를 배우러 학원에 다녔다. 유미분식에 와서는 음식이 맛있다면서 간간이 재료도 다듬는 것도 도와주고, 저녁에 오토바이로 음식 배달도 했다.

여자친구와 둘이서 적금을 들어서 식당을 열 거라고 했다. 알바를 열심히 하고 여기저기 일을 다니면서 돈을 모으고 있다고도 했다. 언젠가 대박 사업 아이템을 잡아서 사업할 거라고 했다. 늘 대박을 칠 거라고 입버릇처럼 말하곤 해서, 엄마는 그를 '대박 청년'이라고 불렀다.

유미는 궁금한 점을 물어보았다.

"저어, 예전에 창업하신다고 자주 말씀하셨는데, 지금은 운영하시는 가게 라이더도 하시는 건가요?"

순기는 고개를 저었다.

왕년이모가 나서서 안내했다.

"지금 다들 자기 이야기를 하고 있어요. 추억의 음식을 이렇게 대접받는데 이야기가 빠지면 안 되죠. 그래서 사업은 잘됐어요? 대박 대박 하던 게 기억나네. 왜 여기 내가 드나들 때 재료도 다듬고 배달도 하던 그 청년 맞죠?"

"하하, 기억하시네요. 맞습니다. 그랬었죠."

"그래서 사업은 대박이 났어요? 지금 음식점 해요?"

"후후, 천천히 말씀드릴게요."

순기는 유미가 건네는 음료수를 마시고 나서 모인 사람들을 둘러보았다. 나이 드신 장년의 남성 두 명, 그리고 분식집에서 자주 보던 이모와 중년 여성 한 명. 그리고 여성 경찰과 작업복을 입은 젊은 남성이 그를 지켜보았다. 유미는 주방으로 들어가 음식을 준비하는 중이었다. 순기는 천천히 입을 열었다.

"처음에 연 사업은 이렇게 시작을 했죠. 여친이 일하는 네일숍에 발각질 제거만 여러 번 하던 손님이 계셨어요. 중년 아주머니인데 명품가방에 밍크코트가 여러 벌이고 외제차를 타고 다녔어요. 하여간 워낙 VIP 고객이었는데 여친이 좀 정성껏 발각질 관리를 해주니까 이런 가게 내고 싶다고 했다나 봐요. 그래서 나도 그 아주머니한테 소개하고 아주머니 집에도 놀러가 보고 사무실도 가봤죠. 집도 강남의 고급 아파트고 사무실도 화려하더라고요. 여친에게 투자를 해준다기에 정말 귀가 솔깃했습니다."

다들 귀가 순기에게 향해 있었다. 정말 부자를 만나 팔자가 피는 건지 궁금했다.

"그래서 저와 여친이 각각 모은 돈 1천만 원씩 드렸죠. 여친이 그간 네일숍하려고 정말 안 입고 안 먹고 여행도 안 가고 모은 정말 애써 모은 돈인데 후우…."

순기는 과거를 돌이켜보았다.

알고 보니 그 아주머니는 집도 단기 렌트한 것이고, 사무실도 남의 사무실이었다. 그렇게 연락이 끊어져 돈을 떼였다. 경찰에 신고를 했지만 이미 여러 건의 사기로 수배 중인 사기범이었다. 순기는 그 일로 여친과 싸우다 헤어지기까지 했다.

그 사기당한 돈을 만회하려고 한번은 친구의 소개로 강남 테헤란로에 있는 코인 투자 상담 사무실에 찾아간 적이 있었다. 수중에 1천만 원이 있었다. 결혼하려고 모은 자금이 2천만 원인데 사기당하고 남은 돈을 어떻게든 불려서 여친과 관계도 회복하고 다시 만나 미래를 약속하고 싶었다.

여러 개의 강의실이 붙어 있는 사무실에 들어가 인적 사항을 적고 ○○코인이라고 적힌 4번 강의실로 들어가 앉았다. 중년 여성과 노인들 그리고 청년도 있었다.

명품 정장을 차려 입은 강사가 유창하게 말하던 중이었다.

"저희는 코인 투자에 네트워크 마케팅 개념을 더해서 따따블로 투자 수익을 내는 방법을 개발했습니다. 거기 지금 들어온 분, 코인 처음이신가요?"

순기는 머리를 긁적였다.

"조금은 사본 적 있고 올라서 팔았습니다."

"아하, 기다리지 않고 그냥 시세 차익을 아주 조금 맛보셨다는 말씀이죠. 좋습니다. 그런 단기 차익은 결국 PC방 갈 돈이나 만드는 거죠. 그런데 우리는 다릅니다. 이 사업에 투자하려면 먼저 1천만 원 넘게 넣으셔야 됩니다. 네트워킹 방식은 자기 밑으로 새로운 구좌를 새로운 사람들로 채우면 수당을 건당 50만 원을 추가 지급받습니다. 어떻습니까? 은행 이자보다 월씬 좋은 조건이죠? 그리고 여기에다가 코인을 추가로 채굴하면 그 코인도 자신 밑의 투자자 유치 수에 비례해 우선 지급받을 수 있습니다."

순기는 정말 이상해서 주변을 돌아보았다. 아무리 봐도 사기 같은데 주변 사람들은 진지하게 들으면서 메모했다.

강사가 이어 말했다.

"이 도표를 보십시오."

그가 띄운 PPT 화면에는 피라미드 그림과 함께 각각의 등급과 수익이 적혀 있었다. 잠시 후 3등급에 해당이 되는 투자자가 나와서 발표를 했다. 하얀 머리에 정장을 말쑥하게 입은 할아버지가 차분하게 말했다.

"저는 교장으로 은퇴하고 퇴직금으로 뭘할까 고민하다가 투자 네트워킹 사업에 뛰어들었습니다. 여기가 처음은 아닙니다만 꾸준히 투자 네트워킹을 해온 결과, 지금은 은행에 넣어두었으면 미미했을 수익이 엄청나게 커져 있습니다. 한 달에 500만 원 이상은 나옵니다. 풍족하게 골프도 치고 경조사비도 여유 있게 주고 아내에게 명품도 선물하고 호텔 가서 아이들 식사비도 냅니다. 여러분들에게 이 사업을 자신 있게 권해드리는 이유가 바로 이러한 안락한 생활 때문입니다."

순기는 믿을 수 없었지만 돈을 번 투자자들이 계속 나와 간증하듯이 발표를 하자 마음이 약간 흔들렸다. 다음 주에도 그 사무실에 가보았는데 저번보다 사람들이 더 많았고 분위기가 더욱 활기차 있었다. 순기는 세미나를 들은 지 한 달 후에 천만 원을 투자했고 수당을 4번을 받았다. 자신 밑으로 친구와 친척 어르신들도 소개했기 때문이다.

하지만 수당을 4번 받은 이후 사무실은 문을 닫았다. 투자한 돈을 돌려받을 수 없었다. 순기는 친구와 친척 어르신에게 질타를 당했고, 엄마가 그들에게 잃은 돈을 조금 보상해준 뒤에 그나마 명절에 고개를 들 수가 있었다.

"그게 저…, 사실 그 후에 그렇게 빈털터리가 되어서 본가에 들어가 얹혀 살았어요. 그런데 가끔 그렇게 그리운 게 있었습니다. 분식점 사장님이 끓여주시는 치즈라면이 어찌나 맛있었던지 그 생각이 나더라고요. 하여튼 본가에서 살면서 몸이 불편하신 엄마를 병원에 매주 모시고 다녔죠."

순기는 과거를 돌이켜보았다. 그때는 본가에 살면서 백수로 지

내면서 유미분식을 떠올려 떡볶이나 라면을 위주로 분식집 창업을
하면 되겠다 싶었다. 이번에는 부모에게 손을 벌렸다. 하지만 아빠
가 길길이 뛰는 바람에 자영업을 하려던 마음을 접었다.

하루는 병원에 가는 길에 엄마는 창백한 얼굴로 순기의 손을 어
루만지면서 달랬다.

"순기야. 엄마가 가면 해줄게. 그거 사업자금."

"응? 됐어. 엄마가 무슨 수로. 치료나 잘 받아. 그런 생각은
말고."

"엄마는 얼마 안 남았어."

순기는 정신이 퍼뜩 들었다. 그리고 그날 진료실에 같이 들어가
엄마의 상태를 들을 수 있었다. 그간은 진료실 밖에서 기다렸지만
그날은 같이 들어가 보호자로서 의사에 말을 귀 기울였다. 진료 후
에 순기는 눈물을 흘렸다. 엄마는 손등으로 그의 눈물을 닦아주고
등을 토닥였다.

병원 근처 공원을 산책하면서 엄마는 이것은 명자나무, 저거는
산수유나무, 배롱나무 등 이름을 알려주었다. 순기는 밝은 얼굴로
설명을 잘 듣고 엄마의 사진도 찍었다.

순기는 엄마의 얼굴에 피어나는 작은 기쁨을 보았다. 그는 눈시
울이 붉어지면서 진심을 담아 말했다.

"엄마 미안해. 그렇게 아픈지 몰랐어."

엄마는 순기의 손을 꼭 잡았다.

"괜찮아. 네가 옆에 있으니 좋다. 결국 산다는 건 말이야. 늙어 노인 되고 아프다 끝나. 그러니 괜찮아. 다들 그렇게 가는데, 뭐. 나라고 별 수 있나? 그래도 이리 좋은 아들이 내 옆에 있잖아."

"엄마 나중에 나이 드시고 힘들면 내가 결혼해 모셔서 호강시켜 드리려고 했는데…."

"말만으로도 고마워, 순기야. 호강하는 것 같다, 후후."

그들 곁에 있는 매화나무로 까치가 날아들어 깍깍 울었다.

"이 매화나무 꽃에 까치들이 반했나 보다. 냄새 한번 맡아봐."

순기는 꽃향기를 맡았다.

"봄을 알리는 매화꽃은 어느 향수랑도 비교할 수 없단다."

"엄마 소원이 뭐야, 말해봐. 들어줄게."

"그래? 난 순기가 제대로 된 일하는 게 소원이지."

"으응? 좀만 기다려. 조만간 대박 쳐서 엄마 병 다 낫게 해 줄게."

엄마의 어두운 안색이 꽃처럼 활짝 피어났다.

"그럴까? 엄마 나이 더 들면 순기한테 얹혀서 살까?"

"그래, 그래. 꼭 그래. 내가 병 다 낫게 해 줄 테니까."

"알았다."

그날 꽃을 보며 산책을 즐겁게 하고 집으로 돌아갔다.

6개월 후 엄마는 순기를 불러 노란색 보자기를 건넸다.

"이거 팔아다 네 일에 써. 사업한다면서."

순기가 보자기를 열어 보니 안에서 다이아몬드가 박힌 반지와 금반지 3개가 나왔다. 목걸이도 있었다.

"네 할머니가 돌아가시기 전에 나한테 주신 거야. 결혼할 때 패물 못해 미안하다고 건네주신 거야. 팔아다 써."

순기는 사양했지만 엄마는 끝내 돌려받지 않았다. 그리고 한 달 있다 엄마가 돌아가셨다. 상을 치른 후에 순기와 아빠는 각자 방을 따로 쓰면서 말을 거의 하지 않았다.

장례를 치르고 한 달 후 순기는 잠에 빠져들었는데 새벽에 침대 발치에 둥그런 얼굴의 남자가 검은 옷을 입고 순기에게 무언가 말하려 했다.

순기는 으악 하면서 손을 내저었다.

"가! 가! 저리 가!"

꿈에서 일어난 순기는 한참 놀란 채 있다 곰곰이 생각해보았다. 그러다 그 둥근 얼굴이 사실은 남자가 아니라 여자, 그것도 엄마의 얼굴임을 깨달았다. 엄마가 돌아가실 즈음에 얼굴이 많이 부어 있었다.

"이럴 수가."

순기는 엄마가 머물던 방으로 뛰어가 패물 보자기를 찾아냈다. 그건 분명 돌아가시기 전에 자신에게 건넨 것이다. 그리고 이걸로 일을 시작하라고 분명히 말씀하셨다. 순기는 아빠에게 패물에 관해 엄마 생전에 건네받은 걸 이야기했다. 아빠는 알아서 처분해 쓰라고 했다.

순기는 어떻게 할까 하다가 그 패물을 들고 금 거래소로 가서 600만 원을 받았다. 창업하기에는 적은 금액이지만, 간신히 푸드 트럭을 빌려 짜장떡볶이를 파는 일을 시작했다.

순기는 여기까지 이야기하고 유미가 내온 치즈라면을 후루루 먹었다.

"라면이 불면 안 되니 다들 드시죠."

엄마 귀신 이야기에서 흠칫 놀라면서 이야기에 빠져들었던 사람들은 유미가 마침 끓여온 라면을 호로록 먹었다.

"그래서 어떻게 됐어요? 그 돈으로 시작하니 장사가 불같이 일어났어요?"

왕년이모가 호들갑을 떨면서 물었다. 순기는 라면 국물을 한 모금 마시고 입을 열었다.

"처음에는 장사가 잘됐거든요. 비엔나 소시지와 어묵을 간장과 짜장을 넣은 소스에 넣고 뭉글하게 채소 국물이 우러나오면 떡을 넣었어요."

개떡 남편이 따졌다.

"말도 안 돼. 떡볶이 떡을 먼저 넣어야지, 무슨 소시지를 먼저 넣어?"

순기는 고개를 저었다.

"소시지와 어묵 맛이 우러나와서 떡에도 배어야 더 맛있거든요. 그런데 푸드트럭을 길거리에서 하다 공무원들이 단속 나와 벌금을 여러 번 내고 접었어요. 그러다 예전에 같이 사기당했던 여친을 우연히 다시 만난 거예요. 푸드트럭 장사를 하고 돌아오는 길에 정말로 우연히 동네에서 만났어요. 긴 이야기를 나누고 다시 사귀기로 했죠. 여친은 상처를 딛고 가발가게에서 가발 다듬고 관리하는 일을 하고 있더라고요."

"에휴, 무슨 아라비안나이트처럼 파란만장하구먼. 고생했어요, 청년."

영순이 한숨을 쉬며 말했다. 순기가 씩 웃어보였다.

"1년 후에 결혼하고 '다시는 사기당하지 말자'를 집안 가훈으로 삼고 정말 열심히 살았습니다. 지금은 애도 둘이고 저는 라이더, 그 사람은 아이 돌보고 가발가게로 알바 나갑니다."

국씨 아재가 국물을 시원하게 들이켜고 나서 진지하게 물었다.

"거 맨날 대박 대박 외쳤다면서. 어디 대박난 적 있습니까?"

순기는 단무지를 입안에 넣고 씹으면서 답했다.

"대박요? 하하. 대박 대박 해도 안 되더라고요. 주식도 조금 잃고 그만두고요. 과거에 유미분식 사장님한테 나도 조만간 큰 프랜차이즈 분식집 낼 테니 같이 하자고 큰소리쳤지만, 그게 어디 쉽나요? 언젠가 삼촌네 분식집에서 일해본 적이 있어요. 삼촌도 가게를 오래 하셨지만, 근근이 사시는 거 보고 포기했죠. 너무 일찍 포기했을까요? 지금은 라이더 일 하고 있지만… 글쎄요, 체력이 떨어지면 큰일이죠. 아이들은 커가고요, 후우….”

왕년이모가 끼어들었다.

“와우, 그 나이에 푸드트럭에, 투자 사업에, 삼촌네 분식점 일하고, 라이더에… 정말 일마다 적응 굉장히 잘하신다. 직업이 몇 개나 바뀐 거예요? 물론 사업하다 사기당한 것도 경험이라 치면 경험이잖아요.”

“그런가요? 그래서 지금은 산전수전 다 겪어서 이제 똘똘하고 웬만해서는 잘 넘어가지 않아요. 다 저만의 경험 자산입니다. 참, 다들 이거 사진 봐주세요. 우리 딸랑구들 얼마나 예쁜데요.”

사람들은 순기가 보여주는 갤러리 사진을 돌려보면서 감탄했다. 유미는 미소를 지으면서 단무지와 김치를 리필해주었다.

“자자, 어서 남은 라면 마저 들어요. 다 붇어요.”

왕년이모가 권하자 참석자들은 국자로 라면을 사발에 떠서 한 젓가락씩 가져가 입에 댔다.

“하이고, 냄새 좋다.”

“정말 라면은 만국 공통 사랑받는 음식이네요, 호호. 이렇게 먹고도 들어가다니.”

“평소에는 생각이 안 나는데, 남 먹는 거 보면 먹고 싶기는 해요, 히히.”

순기는 참석자들의 말을 들으면서 라면이 든 사발에 젓가락을 가져가 댔다.

"예전에 치즈라면에 닭가슴살을 잘게 찢어 넣어서 사장님이 끓여주셨죠. 제가 운동하느라 다이어트 한다고 라면을 먹고 싶은데 망설이면요. 근데요, 그게 그렇게 보양식처럼 몸에 잘 들어갔어요. 힘도 나고요. 돌아가신 엄마도 제가 라면 끓여달라면 쇠고기나 김치를 넣어서 끓여주시곤 했거든요. 한번은 바쁜데 굳이 밥 먹고 나가래서 빨리 라면이라도 먹고 나가려는데 엄마가 뜨거우면 입안 화상 입는다고 찬물에 냄비째 넣어 휘휘 돌려서 식혀주셨는데 정말 하나도 안 뜨거웠어요, 쿡쿡."

말을 마치고 라면을 입에 넣던 순기가 목이 메어 젓가락 든 손을 내려놓았다. 그의 눈시울이 붉어지더니 눈물이 고였다.

"엄마가 저를 정말로 사랑하셨다는 걸, 너무 늦게 알았어요⋯. 이렇게 귀여운 손녀 못 보여드린 게 한이에요."

순기는 말을 마치고 라면을 면치기로 후루룩 입에 집어넣고 다 먹고 나서는 국물을 들이켰다.

"후우, 정말 끝내주네요. 우리 엄마가 끓인 거랑 비슷한 맛입니다!"

모두들 만족스러운 얼굴로 서로를 보면서 고개를 끄덕였다.

유미는 라면 냄새를 없애려고 창문을 활짝 열고, 개떡 남편은 분식집 문을 열어젖혔다.

치즈라면

재료 : 라면 한 봉지, 달걀, 슬라이스 치즈, 쪽파, 닭가슴살

1. 라면 스프를 냄비에 담긴 물에 풀고 잘게 찢은 닭가슴살을 넣고 끓입니다.

2. 라면 국물이 팔팔 끓으면 면을 넣습니다. 달걀도 깨서 넣고 노른자가 익을 즈음에 쪽파를 송송 썰어서 넣습니다. 달걀은 개인 취향에 따라 풀어도 좋고 안 풀어도 좋습니다.

3. 마지막으로 취향에 따라 슬라이스 치즈나 모짜렐라 치즈를 넣고 한소끔 끓입니다.

4. 라면에 김치를 곁들이면 꿀맛입니다. 말할수록 입 아픈 진리죠.

제가 학원 가기 전에 라면을 끓인 후 입 천장 데지 말라고 찬물 담긴 대야에 냄비째 담가 식혀서 젓가락으로 라면가락을 휘휘 저어주시던 울엄마가 많이 생각나는 요즘입니다.

08

유미분식 사장님이 즐겨 먹는 열무비빔국수

"유미야, 엄마 왼쪽 가슴에 혹이 만져지는데 이게 뭐지? 그냥 뭉친 건가?"

유미는 침대에 누워 참고서를 들여다보다가 심드렁하게 말했다.

"병원 가봐."

"정말? 아냐, 아닐 거야. 오늘 분식집 열어야 하는데?"

"엄마! 병원 가봐. 분식집 내가 문 열고 있을게. 잠깐 다녀와."

"그, 그럴까? 아무 일도 아니겠지?"

병원을 다녀온 경자는 사색이 되어 분식집으로 들어왔다.

"엄마 왜 그래? 의사 선생님이 뭐라고 해?"

"큰일이다."

"응? 무슨 일인데."

"왜 3년 전에 초음파 보고 안 왔냐면서 엄청 혼내셨어. 바로 그 자리에서 국소 마취하고 조직 떼냈어. 다음 주에 결과 들으러 오래."

"정말?"

"어떡하지?"

"아직 확실한 거 아니잖아."

"아직 모르지. 오후에 수학 학원 가지? 어서 집에 들어가서 갈 준비해."

허둥지둥 떡볶이를 휘젓고 어묵탕 국물을 내는 경자는 평소와 다르게 허둥지둥했다.

1주일 후 조직검사 결과를 들으러 유방외과를 방문하는 날이 되었다.

"엄마, 그런데 왜 전화로는 안 알려줘?"

"몰라. 악성인지 그것만 궁금했는데, 안 알려주네. 방금 전 통화 했는데도."

분식집에서 일어나는 일에는 담담한 엄마도 자신의 몸에서 일어나는 일에는 조금은 당황한 듯 보였다. 여기 오기 전에 가게에서 달걀을 깨서 노른자는 쓰레기통에 껍질은 그릇에 담는 실수도 하고, 휴대전화를 냉장고 안쪽에 밀어넣는 실수를 했다.

병원에 가는 길에 벚꽃 비를 맞으면서 엄마는 유미의 손을 꼬옥 잡았다.

"애기 때 기억나? 아빠와 이 벚꽃길 봄마다 왔잖아."

유미는 고개를 끄덕였다.

열 살 때 돌아가신 아빠는 아픔으로 남아 있다. 병상에서 물도 드시지 못하고 수액을 맞아가며 버틴 아빠. 유미는 엄마의 손을 잡은 손아귀에 힘을 주었다. 별일이 아니겠지 하는 생각이 들었다.

병원에는 사람이 그다지 많지 않았다. 경자는 예정된 진료 시간에 들어가 선생님을 만났다. 진료실 안에 있던 간호사가 서류를 들고 서 있었다. 유미는 검사 결과지인가 싶었다.

의사가 입을 열었다.

"이런 경우에 제 입장을 적은 문서를 읽어드립니다."

유미는 뭐지 싶었다. 진료실 안에 긴장이 감돌았다. 간호사가 서류를 읽었다.

"김경자 님은 현재 검사결과에서 악성 신생물이 나왔습니다. 저희 병원에서는 최선을 다해 대학병원에 연계해드리겠습니다. 검사 결과는 확실한 것은 아니며 병원에서 수술 후 나온 결과가 정확한 것입니다. 안타깝지만 치료를 잘 받으시면 완치의 길을 걸으실 수 있을 것이라 조심스레 말씀드립니다. 앞으로 치료에 전념하시고…."

병원에서는 대학병원과 연계 진료를 잡고 한 달 뒤 진료 날을 잡아주었다. 진료일이 가장 빠른 곳으로 잡았다.

유미는 엄마와 병원을 나와 벚꽃길을 따라 걷다가 잠시 벤치에 앉았다. 벤치 뒤 아파트 담장에는 벚꽃이 활짝 피어 있었다. 경자는 떨리는 손으로 가방에서 검사 결과지를 꺼냈다. 모두 영어로 적혀 있었다.

"이게 대체 무슨 소리니? 이걸 누구한테 보여야 하니?"

"엄마 기다려 봐봐. 내가 번역해 달라고 지식인에 올려볼게."

그때에는 번역 앱이 지금처럼 발달하지 않았다.

"유미야, 엄마 바로 봐봐."

유미는 엄마를 물끄러미 보았다.

"엄마, 너 결혼하는 거 보고 너 첫애 낳을 때 산후조리 해주고 갈 거야."

엄마의 결연한 말에 유미는 침묵했다.

"걱정 마. 엄마는 꼭 네 곁에 있을게."

경자는 눈물을 참았지만 또르르르 한 방울 두 방울 눈물이 흘러내렸다. 경자는 고개를 슬쩍 돌려 벤치 위에 만개한 벚꽃을 올려다보았다.

"얼마나 예쁘냐? 진달래도 개나리도 벚꽃도 무지 예쁘지만 내 눈에는 우리 유미가 가장 예쁘다. 안 그래?"

경자는 유미의 손등을 쓸고 얼굴을 쓰다듬으면서 눈시울이 붉어졌다.

"이런 예쁜 사람 오래오래 볼 거야."

유미는 목에 메었지만 애써 태연한 척했다.

한 달 후 대학병원 진료실에 방문한 경자는 초음파 검사 후에 수술 날짜를 잡자는 의사의 말을 들었다. 경자는 가게 문 닫을 것을 고민해보다가 유미가 재촉하자 얼른 수술일을 잡았다.

경자는 병원에서 나와 먼저 서점에 가서 유방암 관련된 책을 몇 권 사고 립스틱을 부록으로 주는 잡지도 샀다.

"웬 잡지?"

"이제부터 병원 갈 일 많은데 화장품 바르고 다녀야지. 유미야, 아울렛이나 백화점 가보자. 너 옷 사줄게."

병원 근처의 백화점으로 향했다.

경자는 백화점 매장에서 유미에게 아디다스 저지 점퍼와 니트, 청바지를 사주었다. 자신도 티셔츠와 검정색 정장 바지를 사고 사파리 점퍼도 신상으로 샀다.

유미가 목소리를 낮추고 조용히 물었다.

"엄마, 이렇게 돈 쓰면 병원비는?"

"괜찮아, 보험비 나오니까. 너한테 뇌물을 써야 엄마 수술할 때 간병도 해주고 그러지."

"그건 걱정 마. 해줄 테니까."

"알았어. 고맙다. 일당 줄게."

"필요 없어. 용돈으로도 충분해."

"아니, 그간 너 분식집 일 많이 도와줬는데 제대로 챙겨주지도 못해서 미안해. 간병비가 얼마인데, 그건 꼭 줄게. 엄마 힘들 때마다 조금만 도와줘."

"알았어."

경자는 무사히 수술을 마치고 건강을 회복했다. 하지만 유전자 검사에서 항암 권고가 나와 첫 항암을 시작했다. 항암을 받은 경자는 1주일이나 자리에서 일어나지 못했다. 무기력하고 다리에 힘이 안 들어가서 밖에 나갈 수가 없었다. 식사는 유미가 준비하거나 사왔고 경자는 가끔 약을 타러 병원에 가는 정도였다. 그 기간에 분식집 문을 닫았다. 항암 후 2주가 되자 머리카락이 다 빠졌다.

"에엥, 유미야. 엄마 정수리 좀 봐다오. 머리가 얼마나 빠졌니?"

"음."

유미는 엄마의 횅하게 드러난 두피를 보고 놀랐다.

"이러면 장사하기 힘든데…."

"항암하면서 정말 힘들었잖아. 이제는 길게 쉬어도 돼."

"안 돼. 그럼 집에서 밥 먹기 힘든 어르신들하고 학원 끝나고 배고픈 고등학생 손님들이 밥은 어디서 먹니?"

"그래도. 앞으로 열흘 있다 2차 항암 해야 하잖아."

"그때까지는 열고 그래야지. 나중에 사람을 두든가 해서…."

"엄마. 좀 쉬라니까. 엄마 쉬어도 저기 앞에 편의점 가면 온갖

도시락과 김밥 먹을 수 있어."

그러나 경자는 유미의 말을 듣지 않았다. 분식집을 조금이라도 열어두려고 했다.

며칠 후 경자는 머리카락이 다 빠져 가발가게에 가서 쉐이빙을 하고 가발을 사서 쓰고 왔다. 어색해 보이는 경자는 유미 앞에서 웃어보였다.

"이렇게 어깨까지 긴 머리에 앞머리 애교 머리까지. 이거 봐라. 운동모자 쓰니까 딱 이효리 같지?"

유미는 살짝 웃었다. 항암 후유증으로 얼굴이 붓고 손발이 부은 엄마는 힘들어 보였지만 그래도 아직은 밝았다.

경자는 항암 받는 중에 오후에 5시간이라도 가게를 열어두었는데, 한번은 이런 일이 있었다.

"어머나, 사장님. 이거 머리카락 뭐예요!"

마침 유미가 학교 다녀와서 가게 문을 열고 들어서던 순간이었다.

"네에? 어구야. 죄송해라."

손님이 호들갑을 떨면서 젓가락으로 머리카락을 집어 올렸다. 유미는 엄마가 두 손을 마주 잡고 빌면서 고개를 숙이는 걸 보고 얼른 다가갔다.

"이거 변상해주세요. 우리 식중독 걸리면 어떡해요?"

유미는 손님에게 당차게 말했다.

"우리 엄마 지금 가발 쓰셨어요!"

"에? 뭐라고요?"

"가발은 머리카락이 사람처럼 잘 안 빠진다고요."

손님은 경자의 두건 아래 가발을 노려보았다.

"그럼 이건 제가 조작이라도 했다는 거예요? 그리고 가발인지 진짜 머리인지 어떻게 알아요? 나한테 사기 치는 거일 수도 있잖아요."

유미는 손님의 불안한 눈빛과 과장되게 화내는 몸짓을 살폈다.

경자는 불안해하다 두건을 슬며시 벗고 가발을 벗었다. 머리가 다 빠진 민머리가 드러났다. 유미는 화가 났다.

"엄마, 왜 그렇게까지…."

손님은 화를 버럭 냈다.

"아니 이게 뭐 협박하는 것도 아니고! 사장님 민머리인거 보니까 폭력 쓰시는 분 맞죠? 조폭이라고 자랑하는 거예요?"

경자는 눈물을 글썽였다.

"내가 진짜로 병원 치료 받느라 빠졌어요. 노여움 푸시고…."

유미는 이 상황이 너무도 답답하고 엄마가 안타까워 보였다. 이를 꽉 깨물고 손님을 매섭게 보았다.

"그럼 확인해보면 되죠."

손님은 천장을 올려다보았다.

"여기 CCTV 없잖아요?"

유미는 손님의 말에 이상한 느낌을 받았다.

"카메라 없는 거 살피셨어요? 제가 엄마가 항암 중이라 하도 걱정돼서 학교 간 시간에는 옛날에 쓰던 휴대전화를 촬영 모드로 켜고 두고 가요."

손님이 벌떡 일어났다.

"그거 손님 몰카 아냐? 아 몰라, 몰라. 나 바빠서 이만 가요. 여기 돈 받아요, 어서!"

손님이 화를 내며 나가자, 경자는 유미를 보았다.

"카메라 어디다뒀어? 그러지 마. 나 괜찮아…."

"거짓말이야. 거짓에는 거짓으로 대응해야지."

"가발에서 빠진 거면 어떻게 해."

"엄마, 가발 머리카락 집에도 하나도 안 빠져 있어. 저번에 학교서 오다가 중국집 사장님이 요즘 머리카락 나왔다고 클레임 걸어서 합의금 받아가는 사기꾼 있다고 조심하라고 하셨어. 엄마한테 말해놓으라고 하셨는데 내가 잠깐 까먹었어."

"설마 그런 사람이 있으려고."

"엄마는 '궁금한 이야기Y' 같은 시사프로도 안 봐? 엄청 많아! 그리고 이제 가게 문 잠시 닫아. 내가 알바해서 생활비 벌 거야."

경자는 눈시울이 붉어졌다.

"아니야, 돈 모아둔 거 충분히 있어. 걱정 마. 유미야."

그날 저녁 느지막이 마지막으로 남은 손님이 나가자, 엄마는 드디어 안 되겠다고 말했다. 가게 앞에 팻말을 걸었다.

'개인 사정으로 휴업합니다.'

항암 2차를 하면서 경자는 무척 힘들어했다. 사우나를 가서 땀을 빼는 게 일상이 되었다. 어느 날 밤 경자가 유미에게 한탄했다.

"사우나 갔는데 내가 머리에서 땀이 잘 나서 가발 벗고 들어갔거든. 그런데 나 보고 놀라고 한참 쳐다보는데 속상하더라."

유미는 울컥했다.

"왜들 쳐다보고 그러는 건데? 항암 환자 처음 보나? 흥?"

"의사 선생님이 부종에는 손아귀에 호두 넣고 굴리라는데 나는 호두 만지면 간지럽더라고. 가만 있자… 아, 이거 사자."

며칠 후 질병 퇴치 의미가 담긴 염주 팔찌가 배송되었다. 경자는 염주 팔찌를 차고 다니면서 부단히 염주를 굴려 손가락을 운동했다.

어느 날 경자는 사우나를 다녀와서 유미에게 웃긴 일을 말해주었다.

"오늘은 할머니들이 살갑게 다가와서 등 밀어주고 그러더라. 그러면서 나무아미타불 관세음보살 하기에 그냥 고개만 끄덕였는데, 얼마 있다 할머니들이 착각하는 거 눈치채고 나서 스님 아니라고 막 손 내젓고 그랬단다, 후후."

"히익, 엄마가 스님인 줄 안 거 되게 웃긴다."

"으응, 후후후. 소림사 스님 같지? 히히."

경자는 항암을 이어나가다 잠시 가게 문을 열기도 했다. 그렇게 견뎌 나갔지만, 어느 날 드디어 항암 부작용을 견디지 못하고 응급실에 가는 일들이 생기면서 가게를 다시 닫았다.

- 유미야. 이제 엄마도 늙었나 보다…. 일어날 수가 없구나.

유미는 엄마가 가게 문을 당분간 닫는다면서 일찍 집으로 들어왔다는 문자를 받고 학교 야간자율학습 마치고 얼른 집으로 갔다. 걱정되어서 오는 도중에 전화를 해보았다.

"엄마 뭐해? 몸은 어때?"

"응, 괜찮아…."

"맨날 괜찮대. 지금 뭐해?"

"응, 가발 빨고 말리는 중이야."

"내가 사준 영양제 오늘 먹었어?"

"아, 깜박했다. 먹을게. 어서 집으로 와."

유미는 집으로 들어가자마자 가방을 놓고 엄마에게 갔다.

"엄마 영양제 먹었어?"

"응, 유미야. 엄마는 괜찮아. 그런데 말이지. 나중에 의식이 없으면 절대로 의사들이 항암 권해도 하지 말아라…. 알았지?"

"엄마…."

그렇게 경자는 투병을 견뎌 나가면서 무척 힘들어했다. 해가 지나고 유미는 대학에 입학했다.

어느 날 경자가 새벽에 샤워하고 나오는데 유미와 마주쳤다.

벌거벗은 엄마는 민머리에 사우나에서 부항을 떠서 온몸에 붉은 반점이 가득했다. 엄마는 머쓱했는지 미소 짓다가 입을 열었다.

"삐루 삐루 삐루. 엄마는 외계인이다, 오바. 유미야, 놀라지 말아라, 오바."

유미는 웃기면서도 눈시울이 붉어졌다. 그렇게 경자는 항암 후유증에 힘들어했고, 점차 밝은 성격이 시들어가고, 몸에 활력이 없어졌다.

하루는 경자가 통신사 상담 전화를 스피커를 켜고서 한참이나 기다렸다. 대기 음악이 끝도 없이 이어졌다. "전 상담원이 통화 중이라 대기해주세요."라는 음성이 흘러나오자 유미가 다가갔다.

"엄마, 뭐하려고?"

"응, 저번에 위치추적 서비스 너랑 나랑 신청한 거, 요금 취소하려고."

경자는 유미가 대학교에 입학하게 되면서 MT나 친구들과 동아리 활동을 하다 늦게 귀가하는 날이 많아지자 위치추적 서비스를 신청했다.

"그게 잘 안 돼. 그 서비스 결제 취소하려구."

"엄마 그거 계속 들여다봤어?"

"응, 네가 언제 집 오나 보려고."

유미는 뭉클했다.

"그거 앱으로 결제 취소하면 돼."

"그렇구나."

유미는 엄마가 전화를 끊자 말했다.

"그거 취소하지 마. 내가 위치 잘 켜두고 다닐게. 엄마도 어디 있는지 나도 가끔 궁금해."

유미는 눈을 둥그렇게 뜨고 이야기했다.

"앞으로 내가 어디 있는지 전화로도 말해줄게. 그러니까 그거 취소하지 말아봐. 정말 취소하고 싶으면 나중에 결제 취소 앱으로 해줄게."

"알았다, 유미야."

경자는 거울을 보면서 매일매일 얼굴 부기를 느꼈다. 항암 후유증으로 손발이 저리고 무릎이 아프고 온몸이 붓고 밤에는 쿵쾅쿵쾅 심장 뛰는 소리로 지레 놀랐다.

이렇게까지 심장이 뛴 적이 없었는데, 항암 후에는 밤에 자려고 모로 누우면 심장 소리가 들려왔다.

무서웠다.

남편도 보내고 이제 유미에겐 자신이 홀로 남은 가족인데 이렇게 가면 유미는 기댈 데가 없었다.

"여보…."

경자는 눈물을 훔치면서 벽을 보고 잠을 청했다.

항암 받은 지 2주가 지났지만 아직도 온몸이 저리고 아팠다. 가게를 간신히 열어 몇 시간이라도 손님을 받으려 했지만 점차 힘들어졌다.

어제는 나이가 지긋한 어르신이 분식집에 들어오셨다.

"김밥 하나만 줘, 애기 엄마."

"네, 알겠습니다."

경자는 어르신에게 김밥과 어묵탕을 드렸는데, 어르신은 김밥을 서너 개 들다가 사레 들렸는지 기침을 연속으로 했다.

"콜록콜록, 콜록콜록."

기침을 끊이지 않고 해서 경자가 다가가 살피니 눈을 감고 그대로 김밥을 입에 문 채 미동도 없었다.

"어르신, 정신 차리세요, 어르신!"

자세히 보니 목걸이가 깜박거렸다. 경자는 예전 친정엄마에게 걸어드렸던 치매 노인용 배회감지기 목걸이라는 걸 알아차렸다. 즉시 목걸이를 뒤집어 보니 전화번호가 적혀 있었다.

경자는 전화를 걸었다.

"여보세요, 여기 어르신이 눈을 감고 꼼짝도 안 하세요.

전화기 건너 상대방은 곧 온다고 했다.

보호자가 오기까지 경자는 초조해하면서 노인의 안색을 살피고 숨을 쉬는지 코 가까이 손가락을 가져가 보았다. 다행히 숨은 쉬고 있었다. 다만 입에 문 음식이 기도에 막히면 큰일이라는 걱정은 들었다. 입에 든 음식을 손가락으로 빼냈다.

가게 문이 벌컥 열리면서 고등학생이 들어와 어르신을 일으켰다.

"할아버지, 집에 가. 가자고. 할아버지 때문에 학교 수업도 못 듣고 달려왔잖아. 현관문 어떻게 열고 나간 거야. 나 참, 할아버지 어서 일어나요."

체구가 작은 남학생은 어르신을 일으켜서 죄송하다고 하고 모시고 나갔다.

경자는 돈을 받지 않고 얼른 집으로 가서 잘 모시라고 당부했다. 그리고 입안에 남은 음식이 있으면 뱉어내게 하라고 했다. 그리고 얼른 김밥 두 줄을 학생 먹으라고 싸주었다.

경자는 가슴을 쓸어내리고 가게 문을 닫고 집으로 향했다. 가게에 버티고 있을 체력이 아니었다. 집에 들어가 거실에 전기요를 깔고 누워 잠을 청했다.

잠이 안 오고 눈물이 흐르는데 경자는 손으로 얼굴을 쓸어내리면서 베란다 창가의 제라늄을 보았다. 연분홍 꽃이 참 앙증맞고 귀여웠다. 꽃말이 뭐더라.

남편은 곧잘 선물로 제라늄 화분을 주었다. 아, 생각났다.

'당신이 있어서 행복합니다. 당신 생각이 떠나지 않아요.'

그래, 그런 말이었다. 남편은 그런 말을 하면서 선물로 주곤 했다.

아…, 경자는 눈물이 흘러넘쳤다.

이렇게 아플 때 왜 곁에 없어서 외롭게 만드는지…. 경자는 남편이 미웠다.

예전 언젠가 친척 어르신이 어떻게 혼자서 사느냐고 하도 걱정을 해서 그 어르신이 만든 선 자리에 기어이 나간 적이 있었다.

평소 화장품도 거의 없이 살아서 어떻게 차리고 나갈지 모르겠는데 떡볶이 육수 매일 정성으로 내듯이 최선을 다하자는 생각에 미장원을 예약했다.

가게 쉬는 날 이른 아침 미장원에 가는데 유미가 어디가느냐 묻자 친구 만나러 간다고만 했다.

헤어숍에서 피부 표현부터 볼 터치, 아이라인과 마스카라까지 세밀한 터치를 받으면서 무척 설렜다. 만남의 자리보다는 이렇게 아주 아주 오랜만에 신부 화장 받듯이 꾸미고 나간다는 데 설렜다. 가슴이 콩닥콩닥 뛰었다.

그날 인사동 찻집에서 만난 분은 중후한 분위기의 중저음 목소리를 내는 분이었다. 일찍이 아내와 이혼하고 홀로 산 지 20여 년은 되었는데 이제라도 짝을 만나서 건강하게 노후를 보내고 싶다고 했다. 인테리어 업체에 타일과 욕조 등의 자재를 납품하는 일을 하고 있다고 했다. 경자는 볼에 홍조를 띠고 이야기를 들었다. 상대방이 묻는 질문에 조곤조곤한 목소리로 자그마한 분식집을 운영하고 딸과 둘이서 살고 있다고 했다.

마침 직원이 쌍화차와 대추차를 가져다주었다. 경자는 얇게 썬 대추편을 티스푼으로 떠먹으면서 고개를 끄덕이고 이야기를 들었다. 달짝지근한 맛이 입안에 감돌았다. 찻집에선 은은한 국악이 흘러나왔고 분위기는 좋았다. 근처에서 식사를 마치고 어둠이 깔린 인사동 거리를 걸었다. 아름다운 연인들이 단란한 가족들이 색색들이 알전구가 달린 거리에서 웃고 쇼핑을 하고 이야기를 나누었다.

경자는 남자와 산책하다가 그가 권해서 점괘를 뽑는 기계에서 연애 점을 뽑아봤다.

'지금 곁에 있는 사람을 염두에 둔다.'

경자는 해맑게 웃었고 남자는 고개를 끄덕이면서 점괘 종이를 손에 쥐어 주머니에 넣었다.

그렇게 헤어지고 경자는 소개해준 분께 죄송하다고 전했다.

주선하신 어르신은 서운해하셨다. 하지만 경자는 그날 밤 자신의 마음이 두근거리고 무언가 새로운 기대에 찬다는 게 마음이 영 불안해졌다. 딸에게 아버지를 만들어준다는 게 큰 변화가 될 것 같았고, 지금의 생활에서 큰 변화가 생기는 것도 두려웠다.

그리고 가장 큰 이유는 바로 먼저 간 남편에 대한 사랑에서였다. 아직도 그를 잊기에는 세월이 짧았다.

매 순간에 그가 일하던 뒷모습, 잠을 곤히 자던 모습, 다정하게 손을 어루만져주던 모습이 기억이 났다.

'당신이 있어서 행복합니다. 당신 생각이 떠나지 않아요.'

남편이 선물한 제라늄의 꽃말처럼 그 마음은 변치 않았다. 드물게 꿈에 남편이 나왔다. 그와 알록달록한 들꽃이 가득 핀 평원을 산책했다. 초록색 풀들이 나풀거리면서 그들의 옷에 스쳤다. 찬란한 빛들이 가득했다.

아름다웠다.

경자는 과거 기억을 떠올리고 몸을 돌아누우면서 눈물을 거친 손으로 닦았다. 끅끅 눈물을 참았다,

모든 기억들은 그저 한 줌 추억이 된 지금, 병치레하면서 건강을 위해 딸아이를 위해 기도하는 일이 주된 일과였다. 이제는 누군가를 만나 다시 시작하기보다는 건강한 혼자로서의 삶에 집중하고 싶고 딸을 위해 앞날이 밝기를 빌었다. 그리고 새로운 일보다는 하던 일에 집중하고 앞으로 형편이 어려운 손님에게는 돈을 안 받고 대접해드려야겠다는 생각이 들었다.

비가 온 아침에 삭발한 까까머리는 풀처럼 조금 더 자라 있었다. 경자는 머리카락이 자라는 게 신기했다. 하지만 다음번 항암에는 어김없이 또 싹 빠지기 시작했다.

힘들었다. 병원에 자주 가는 게 물리도록 싫었다. 방사선을 시작하면서는 매일매일 병원에 다녔다. 가게를 여는 게 점점 힘들었다.

병원에 입원하고 퇴원해 지하철을 타고 집으로 갔을 때 집 근처 역에 내리면 그렇게 마음이 안정됐다. 집으로 가는 길에 '휴업합

니다'라고 써 붙인 유미분식 가게를 지날 때면 또한 그렇게 기분이 안정되고 간판을 보는 눈에 미소가 깃들었다.

그만큼 집으로, 일상으로 돌아온다는 것은 참으로 어렵고도 위대한 일이었던 것이다.

건강이 돈보다, 일상이 이벤트보다 우선한다는 것을 그 시절 수술실 천장 조명 혹은 방사선실 천장 조명의 환한 빛에 눈을 질끈 감을 때마다 절절하게 깨달았다.

'집으로 가자. 유미분식으로 돌아가자. 유미 결혼하는 날까지 아니 유미가 아이를 낳아 산후조리 해주는 날까지는 살아보자.'

경자는 그렇게 굳은 마음으로 수술대에 올랐던 것이다.

테이블에 삼삼오오 나누어 앉은 참석자들은 다음 음식이 무엇일지 궁금해하면서 유미를 쳐다보고 있었다. 엄마를 떠올리던 유미는 테이블에 앉은 손님들에게 말했다.

"자아, 이제 마지막 메뉴가 되겠습니다."

좌중은 궁금해하는 눈으로 술렁거렸다. 마지막 음식은 정말 어떤 게 나올지 서로들 이야기를 나누었다. 큰 쟁반을 테이블에 내려놓은 유미가 덮개를 열면서 입을 열었다.

"다음번 메뉴는 저희 엄마가 즐겨 드시던 열무비빔국수입니다."

자그마한 사기에 비빔국수가 정갈하게 놓여 있었다.

왕년이모가 손뼉을 치면서 좋아했다.

"나 그거 엄청 좋아해. 네 엄마만 드시던 거 아니야? 하루는 김밥 사러 왔다가 그거 드시기에 좀 달라 그랬더니, 메뉴 아니라고 계면쩍어하면서 내밀어 먹어봤는데 완전 반했어. 반찬으로 내놓는 열무가 시어지면 그렇게 만들어 드신다는데 새콤달콤한 게 정말 별미였어."

참석자들은 유미가 내미는 그릇을 받아들고 호로록 국수를 입으로 가져갔다.

새콤하고 시원하다는 환호가 나왔다.

유미는 열무비빔국수를 얼른 드시고 자리를 털고 일어나던 엄마의 모습을 떠올렸다. 아프고 나서는 엄마는 행동이 굼뜨고 자리에서 일어나는 걸 힘겨워할 때도 종종 있었다. 유미는 그럴 때 다가가 "엄마, 일어나봐." 하고 손을 내밀어주었다.

하루는 유미는 엄마와 사우나를 같이 갔다. 엄마가 힘들어해서 모시고 가서 때를 밀고 마사지를 받게 했다.

경자는 수술한 부위는 약하게 해달라고 세신사에게 부탁했다.

"세신사님. 항암하느라 머리가 빠졌어요. 보기 숭하죠?"

"하이고, 요즘은 하도 치료 받는 사람 많아서 암씨롱 안 혀요."

이때 젊은 여자가 들어와 언제 때를 밀 수 있냐고 했다. 세신사는 차분히 말했다.

"이 손님 마치고 제가 밥을 먹어야 해서 잠시 기다려야것는디."

젊은 여자가 빨리 가야 한다고 투덜대자 엄마가 말했다.

"내가 분식점을 하거든요. 주먹밥 한번 만들어볼게요."

엄마는 때를 밀고 마사지를 받고 나서 사우나 안에서 밥과 냉장고 안의 재료를 꺼내는 걸 허락받아서 꼬시래기(해초) 주먹밥을 만들어 세신사와 사우나 직원들을 대접했다.

유미는 엄마와 사우나를 나서면서 안 힘드냐고 물었다.

"뭐가 힘들겠어. 저기 세신사 언니는 나보다 나이가 위인데, 종일 사람들 때를 미셔. 유미야, 나는 아무렇지 않아. 안 힘들어. 가게 문 조만간 열 거야, 좀만 나으면."

그런 엄마였다. 치료를 받으면서도 분식점을 열 준비를 하던 그런 엄마였다.

유미는 분식집에서 일만 하고 취미도 없는 엄마에게 낙은 무엇일까 생각을 해보았다. 엄마의 즐거움은 사람들에게 밥을 해 먹이면서 그들이 맛있게 먹고 행복한 표정을 짓는 거 그게 낙일 거라는 생각이 들었다. 엄마의 행복은 남에게 대접하는 뜨끈한 밥 한 상이었던 것이다.

엄마를 추억하던 유미에게 왕년이모가 손을 잡고 옛일을 떠올리듯이 회상하며 말했다.

"유미야. 나 니 엄마랑 좋은 추억이 있다."

"네?"

"말해주랴? 너한테는 비밀이라고 했는데. 히히, 꽤 된 일인데.

아니 글쎄 엄마가 언젠가 오랜만에 여행이라도 가자고 불러낸 거야. 세상에 그때까지 낙이 없고 분식집 열어 일만 하고 그러느라 계 모임이나 여행도 못 가봤대. 그래서 하루만 당일치기로 여행 가자는데 내가 딱 말렸지. 암이라는 얘기는 그때 정확하게 안 했지만 내가 니 엄마가 아프다는 느낌 딱 들고 그랬어. 그냥 살짝 아픈 것 같단 생각이 들었다니까. 그래서 이 근처에서 하루만 놀다 오자 하구 손잡아 끌고 어디로 갔게?"

유미는 눈을 둥그렇게 뜨고 고개를 저었다. 자신이 모르는 엄마의 일이다.

"콜라텍. 왜 피부과랑 이비인후과 있는 병원 건물 알지? 거기 메디컬 프라자 지하에 있거든. 지금은 없어졌어."

아, 그 건물은 유미도 안다. 진료를 보러 가면 오후에도 항상 지하에서 쾅쾅 울리는 노랫소리가 유명했다. 할아버지들이 그 콜라텍 입구를 서성이다 들어가셨다.

"거기서 잠깐 놀면서 춤추자 했지. 처음에는 질색팔색했지만 내가 하도 가고 싶다 사정하니까 갔지. 후후. 얼마나 잼나게 놀았는지 몰라."

왕년이모는 손을 맞잡고 웃으면서 그때를 떠올렸다. 어둠 속에 오색찬란한 조명등이 돌아가는데 그녀들은 콜라와 파전을 먹으면서 자리에 앉아 있었다.

왕년이모는 음악 소리가 크자 목소리를 높여 경자에게 말했다.

"유미 언니야. 맨날 분식집에서 썩고만 있지 말고 이런 데도 좀 나와봐. 여자로서 인정받는다는 느낌이 얼마나 기분 좋게 하는데. 내가 이 나이에도 손톱을 다듬고 눈썹을 심는 데는 이유가 있다니까, 히힝."

"아니 그래도 이런 데는 좀 부담되는데…."

"어맛, 노래 좋다. 우리 무대로 나가자."

왕년이모는 그녀를 잡아끌고서 무대 중앙으로 나갔다. 신나는 트로트에 맞춰서 춤췄다. 부끄러워하며 소극적으로 춤추던 경자도 점차 두 팔을 들어 어깨춤을 덩실덩실 췄다.

그러자 신나게 춤추는 노인들이 다가와 주변을 에워쌌다. 한 할아버지가 경자를 칭찬했다.

"어구야, 어쩜 그렇게 머리숱이 풍성합니까. 여사님, 멋집니다."

경자는 배시시 웃으면서 가발을 슬쩍 들어 까까머리를 보였다.

"가발이에요, 어르신. 병원 치료 중입니다."

"여기 다 병원 다녀. 괜찮어. 이쁘기만 하구만. 그리고 무슨 어르신, 그냥 오빠라 불러요~."

그날 그렇게 즐겁게 웃으면서 춤추다 나왔다. 그 시절의 행복을 추억하던 왕년이모는 슬픈 표정으로 목소리를 낮춰 말했다.

"그게 언니랑 마지막이야. 나 그때만 생각하면 너무나 즐겁고 기쁜데, 아니 언니는 왜 이렇게 갔다냐. 너무 슬프다. 흐흐흑…."

유미는 왕년이모를 꼭 안아주었다. 유미의 얼굴에는 불편해하면서 미안한 감정이 깃들어 있었다.

미성은 그런 유미의 표정을 놓치지 않았다. 미성은 머리를 집게 손가락으로 긁적였다. 수사하다 석연치 않은 부분이 있으면 늘 그 버릇이 튀어나왔다. 추리소설을 읽을 때도 범인이 아리송하면 나오는 버릇이다. 이상했다. 뭔가 안 맞는 부분이 있었다. 미성은 그 생각에 점점 빠져들었다.

이때 갑자기 우당탕 하는 소리가 났다. 개떡 남편이 그릇을 뒤엎고 외쳤다.

"아니, 라면 먹었으면 그릇 치워놓으라고 했잖아!"

순기가 얼른 일어나 유미에게서 행주를 받아다 개떡 남편의 바지를 닦았다.

"죄송합니다, 선생님. 추억의 음식이라 국물 좀 더 먹으려고 한다는 게 그만…. 죄송합니다."

"아이구, 참 나! 그거 국물 얼마 한다고 남겼다 이렇게 내 바지를 버려!"

개떡 남편이 쿨피스를 마시려 컵을 들다 국물 그릇을 엎어 바지를 버린 거였다. 개떡 남편이 소리를 고래고래 지르면서 세탁비를 물어내라고 했다.

이때 국씨 아재가 다가와 난동부리는 개떡 남편의 어깨에 손을 올리고 힘을 주었다.

"당장 앉아, 이 양반아. 망나니처럼 사는 거 그만 좀 해."

"뭐어어? 니가 뭔데, 몇 살인데 나한테 난리야!"

"너보다 나이 많다, 왜!"

"이게 정말, 민증 까봐!"

개떡 남편은 국씨 아재의 가슴을 주먹으로 툭툭 치면서 머리를 그대로 어깨에 박고 밀었다.

국씨 아재는 떡 버티고 서서 꿈쩍하지 않았다. 오히려 개떡 남편의 오른손과 왼손을 탁 잡아채서 악력으로 꼼작 못하게 했다.

"얌마, 남자는 힘이다. 네가 힘 없이 나한테 될 성싶으냐? 꼬랑지 내려, 어서. 너 나한테 안 돼!"

국씨 아재는 인상을 일그러뜨리면서 개떡 남편의 두 손목을 그대로 꽉 쥐었다.

"하이고야. 형님, 형님! 나 좀 살려줘요. 잘못했어요. 이거 놔주어요…. 으아악!"

대호가 얼른 달려가 두 남자 사이에서 말렸다.

"그만 놔주세요, 사장님."

국씨 아재는 그제야 개떡 남편을 풀어주었다. 개떡 남편은 조용히 구석 자리로 가서 털썩 앉았다.

"이제 조용히 여기 사장 유미 말 들어. 알았지!"

모두들 조용해졌다.

유미가 작게 한숨을 내쉬고 주방으로 들어가려는데 미성이 갑자기 일어나면서 "유레카!"라고 크게 외쳤다. 사람들은 이번에는 무슨 일인가 싶어 미성을 쳐다보았다. 왕년이모가 물었다.

"경찰 언니가 갑자기 무슨 말이야? 유레카?"

"저 여기서 정말 위대한 발견을 한 것 같습니다! 추리를 종합해 진실에 접근했다고요."

모두들 술렁거렸다.

"진실? 추리? 그런 게 여기 있다고요?"

미성은 고개를 끄덕였다. 유미의 표정은 굳었다.

"네, 인공지능 챗봇이 써준 듯한 추리소설 같은 기이한 상황이 바로 이 유미분식 안에서 이루어지고 있는 거죠."

좌중은 놀랄 듯한 얼굴로 미성을 보았다.

"저는 챗봇 프로그램으로 추리소설을 만들어 읽는 걸 즐겨합니다. 작가가 되고 싶어도 능력은 없으니 그냥 인공지능이 글 쓰는 것을 감탄하며 봅니다. 제가 지금 '분식집에서 일어나는 추리소설을 써줘.' 하고 명령어를 넣었는데 이런 줄거리가 나오네요. 읽어 볼게요. 한국의 유명한 프랜차이즈 분식점에서 벌어지는 살인사건 이야기예요.

분식집에서 주인이 살해당합니다. 손님들은 충격을 받고 살인 범은 분명히 분식점 사장의 가족이나 그 주변의 인물이지만 경찰은 수사에 어렵다는 사실을 깨닫습니다. 알바생 고도경은 자신만의 추리를 시작합니다. 음식을 통해 사건의 범인을 찾고 비밀을 파

헤칩니다."

개떡 남편이 소리를 질렀다.

"이건 무슨 씨나락 까먹는 소리여. 알기 쉽게 말해봐, 경찰 아가씨."

국씨 아재가 개떡 남편을 자리에 앉히고 조용히 하라고 퉁을 주었다. 왕년이모가 소리를 질렀다.

"아니 여기서 살인사건이 일어난 거예요?"

영순도 비명을 질렀다.

"까악! 유미분식 사장님 살인당했어요?"

미성은 고개를 저었다.

"그건 모릅니다. 다만 제가 추리한 내용, 즉 여기서 일어나는 분식집 미스터리를 풀어볼게요."

미성은 목청을 키워 말했다.

"서브리미널 효과(Subliminal Effect)를 아세요?"

"써브럴?"

"쉽사리 인지하기 힘든 무의식적인 자극을 통해 인간의 잠재의식에 영향을 주는 것이죠. 저는 범죄심리학을 공부하면서 알게 됐는데 1950년대 미국 영화관에서 심리학자가 영화 상영 중간중간에 코카콜라나 팝콘을 먹으라는 메시지를 넣었는데 매출액이 엄청 늘었답니다. 지금은 드라마에서 주인공의 옷이나 시계를 노출해 구매욕을 자극하는 PPL이 그 효과에서 나온 거죠."

개떡 남편이 대꾸했다.

"그게 뭐?"

"전 여기 분식집에서 벌어지는 일들이 그와 비슷하다고 여겼어요. 뭔가 음식이 주어지는데 메시지가 담겨 그 비밀을 캐달라는 그런 느낌? 그런 느낌 안 받으셨어요? 뭔가 음식에 이상한 점을 느끼는 것은 나만인가요?"

다들 놀란 얼굴로 미성을 보았다. 대호가 말했다.

"놀라우리만치… 떡볶이 국물이나 튀김 맛이 예전과 전혀 달라지지 않았어요. 이런 것도 그 이상한 점에 혹시 들어가나요?"

미성은 고개를 끄덕여 보였다.

"제가 캔 비밀을 말씀드리겠습니다."

미성은 일어나 주방 쪽으로 갔다. 그리고 주방을 가리는 커튼에 손을 올렸다. 유미가 미성을 가로막았다. 미성은 물러나 설명을 시작했다.

"저는 여기에 미스터리를 캐달라는 요구를 받았습니다. 여러분들이 일반적으로 받은 초대장과는 약간 달랐죠. "

미성은 자신이 받은 초대장을 왕년이모에게 건넸다. 모두 초대장을 돌려보면서 놀란 눈으로 그녀를 보았다.

"처음에 김경자 사장님의 죽음에 미스터리가 있는 걸까 하는 생각이 들었습니다. 하지만 그에 관한 단서를 얻을 수 없었습니다. 그러나 제가 먹은 어묵탕에서 뭔가 이상함을 느꼈습니다."

개떡 남편이 말했다.

"어허, 뜸 들이지 말고 말해봐요!"

"홍합이 어묵탕에 들어 있었습니다."

"홍합?"

"네, 10년 전 제가 여기서 경찰시험 공부하면서 먹을 때는 홍합은 없었거든요."

"아니, 그거야 10년 전 사장님이 지금은 돌아가셨잖소."

"그런데 언젠가 제가 시험공부에 너무 힘들어 울다 퉁퉁 부은 눈으로 이곳을 찾거나 할 때는 사장님이 힘들게 공부한다면서 본인이 집에서 드실 홍합을 어묵탕에 넣어서 주셨거든요. 저에게 특별히 만들어준 음식이었어요."

"그렇지만 홍합을 지금에 넣을 수도 있는 일인데…."

국씨 아재의 말에 미성은 고개를 저었다.

"그것뿐 아니에요. 이상한 점이 더 있어요. 보통 어묵탕은 사각의 넓적한 어묵을 꼬치에 끼울 때는 길게 접어서 지그재그로 끼우잖아요. 그런데 10년 전 유미분식의 어묵은 주름진 부분이 3개 정도로 심플했죠. 다른 데는 보통은 4, 5번 이상 꿰는데요. 이상해 10년 전 물어봤었던 거 같아요. 사장님 말씀으로는 손이 두툼해 어묵을 꿸 때 잘 미끄러져 3번으로 정해놨대요. 지금도 방금 나온 어묵탕에 3번 정도로 지그재그 끼워 있습니다."

"아니, 그게 무슨 큰 증거라고. 유미가 그랬을 수 있죠."

왕년이모 말에 미성은 집게손가락을 들어 기다려달란 제스처를 취했다.

"어묵탕에 들어가는 무 조각도 보통 분식점은 국물을 낼 때 큰 무를 통썰기 하거나 반으로 잘라 크게 넣는데, 여기 유미분식은 10년 전에 정사각형으로 나박썰기를 해서 어묵탕에 자잘한 무가 들어 있었거든요. 근데 지금도 그 시그니처 요리 방식이 같습니다. 이건 다른 조리사님이 하시는 게 아니라…."

"아니라…."

모두 합창하듯 미성의 끝말을 따라서 했다. 개떡 남편이 소리질렀다.

"어허, 어서 말하라니까! 이거 참. 왜 사람 간 졸이게 해!"

"사장님이 해주시던 음식 맛과 비슷한 게 아니라, 사장님이 해주신 음식 그 자체다, 이 말입니다."

참석자들이 모두 깜짝 놀라는 경악하는 얼굴로 유미를 보았다. 대호도 떨리는 목소리로 말했다.

"이상해요…, 저도 그 느낌 받았어요. 가지튀김. 원래 10년 전 유미분식에 없던 메뉴인데, 오늘 나왔어요. 그 튀김…. 사실은 제가 어느 날인가 오후에 왔다가 사장님이 아직 튀기는 중인데 특별히 몸에 좋은 가지로 저만 튀겨준다고 먹다 남으면 가져가라고 하셨거든요."

개떡 남편도 말했다.

"나 아까 유미가 들고 온 개떡 잠깐 맛봤는데, 아무리 유미가 따라서 만들었다기에는 정말 신기하게 사장님 맛이기는 했어. 에이, 그래도 설마!"

영순도 고개를 끄덕였다.

"나도 김밥이 너무도 10년 전이랑 모양도 크기도 같아서 유미가 참 노력했다고만 생각했지. 근데 돈가스도 여기 사장님이 너무 튀기면 안 좋다고 살짝 덜 튀기는데, 그 튀김옷 약간 덜 익은 느낌 그런 게 조금 씹히기에 설마 했는데…, 지아는 그걸 부드럽다고 잘만 먹었거든. 그런데 설마…."

왕년이모가 고개를 갸웃했다.

"아니, 그래도 레시피 그거만 알면 누구나 만들 수 있다고는 하지만 아무리 그래도 손맛이라는 게 있는데…."

개떡 남편도 말했다.

"나도 참 이상한 게 있네. 왕년에 사장님이 내가 간병하는 일이 힘드니까 나만 오면 따라주던 예쁜 유리컵이 있는데 오늘도 거기에 내왔어. 우연이라고 하기에는…."

참석자들이 자신의 컵을 내려다보았다. 모두 일반 유리컵인데 개떡 남편만 크리스탈 유리컵에 쿨피스가 따라 있었다.

"이걸 사장님 따님이 특별하게 내오진 않았을 텐데…."

국씨 아재가 천천히 일어났다. 그는 떨리는 손을 주먹을 꽉 쥐고 약간 휘청거리면서 천천히 주방으로 향했다.

그가 주방을 가리는 커튼을 열려는데, 유미가 대신 나섰다.

유미는 담담하게 말했다.

"강 경장님 추리가 맞습니다."

이때, 커튼이 서서히 열리면서 나오는 사람은 다름 아닌 유미분식 김경자 사장 본인이었다. 머리에 하얀 두건을 쓰고 앞치마를 두르고 탄탄한 팔뚝에 작고 두툼한 손이 그대로였다. 얼굴도 10년 전과 거의 같았다. 입가에 미소를 띠고 참석자들을 둘러보았다.

국씨 아재의 눈시울이 붉어졌다. 그가 후들거리면서 떨자 개떡 남편이 얼른 부축해서 의자에 앉혔다. 왕년이모가 경자에게 다가와 껴안고 오열을 했다. 모두가 놀라 어쩔 줄 몰라 했다. 영순이 소리를 질렀다.

"아니, 왜, 왜 사기를 쳐요. 사장님! 정말 이러기예요?"

"앉으세요. 궁금하시죠? 다 말씀드릴게요."

특유의 여유로운 미소를 띤 경자는 구수하고 느릿하게 말을 이어나갔다.

"첫째로, 왜 부고장을 보냈냐 하면, 외국 광고에 이런 게 있더라고요. 하도 찾아오지 않는 자녀들과 손주를 보려고 노인이 거짓 부고장으로 그들을 집으로 오게 하는 영화요. 만약 제가 칠순 잔치한다고 하면 안 오실 거잖아요."

"헤에, 사장님 칠순이에요?"

개떡 남편 말에 경자는 고개를 저었다.

"아니, 아니. 이를테면, 그런 행사를 말하는 거예요. 둘째로, 제가 여러분들을 꼭 보고 싶고 다들 어떻게 사는지 정말 궁금했거든요. 그런데 제가 있으면 다들 그런 이야기를 남들 앞에서 하는 걸 어쩌면 꺼릴 수도 있겠다는 생각이 들었어요. 다들 저하고만 알았지 서로들 그렇게 잘 아시는 사이는 아니고, 그냥 분식집에서 오다가다 마주친 정도잖아요. 다들 허심탄회하게 이야기 하기에는 제가 숨어 있는 게 낫겠더라고요. 그래야 서로들 이야기를 하죠."

개떡 남편이 화를 냈다.

"아니, 그렇다고 죽었다고 거짓말을 해요? 왜 이렇게 사람들을 속였어요? 사장님 그렇게 안 봤는데."

"셋째 이유는, 제가 아프고 회복한 후에 음식 맛이 달라진 것 같고 자신이 없어 혹시 여러분들이라면 평가를 잘 해주실 수 있지 않을까 해서예요. 저는 제가 장사하던 10년 전 초심의 맛을 되찾고 싶었어요."

"사장님 참 장난이 고약하시네. 우리한테 뭐 주신다는 게 이런 깜짝 등장 이런 거였어요?"

개떡 남편이 항의를 거세게 했다. 국씨 아재가 개떡 남편에게 손짓하며 가만히 있으라고 했다.

"제가 나온 것 자체가 선물은 아니에요. 다음 이유가 그 대답이 될 겁니다. 넷째, 제 일을 좀 도와주세요."

다들 무척 궁금한 얼굴로 경자를 보았다.

"큰 기업에서 투자를 받았어요. 20년 된 유미분식을 번화가에 플래그십 스토어를 열고, 대도시 위주로 팝업스토어를 몇 개 열자고 했어요."

"네에에?"

"그런데 저를 도울 사람이 우리 유미밖에 없어요. 아시다시피 제 남편도 오래전에 갔고, 친척들도 모두 나이 드시고 그래요. 그러다가 여러분들이 분식점을 진심으로 생각해주시던 마음이 생각났어요. 어떤 분들은 제게 서운한 맘도 있으시겠죠."

영순은 시선을 피하고 한숨을 쉬었다.

"만약 제가 서운한 마음이 있다면 여기서 다 푸시고, 혹시 제 분식점 확장을 도우실 수 있다면 도와주세요."

김경자 사장과 가장 가깝게 지내던 왕년이모부터 나섰다.

"세상에 이게 무슨 일이래. 유미분식 언니야, 너무 축하해. 나는 주방일 맡을게. 나 전에 식당 해봐서 알잖아."

개떡 남편이 말했다.

"헤에, 왕년에 말아먹은 거 아니야?"

국씨 아재는 그런 개떡 남편에게 눈을 부라렸다. 이번에는 대호가 말했다.

"저는 직장이 있으니 평일은 힘들지만 주말에는 일손 도울게요. 재료 손질은 자신 있습니다. 원래 조용히 혼자 하는 일은 잘 하거든요.”

이번에는 순기가 나섰다.

“배달은 제가 할게요. 그리고 저도 이번에는 돌아간 엄마 유지도 있고 한번은 제대로 된 식당 장사를 하고 싶었는데, 주방일도 배우고 싶습니다. 아무래도 손맛 있는 전통 클래식 분식 레시피를 공부하는 게 제 인생에 큰 도움이 될 것 같습니다.”

영순도 거들었다.

“사장님, 우리 지아 여기서 알바해도 되죠? 집 가서 물어볼게요. 여기라면 안심 놓고 일 시킬 수 있겠어요.”

경자가 말했다.

“그럼 그럼. 그리고 지아 어머니도 일 도와주세요.”

“아구, 제가 뭘…. 하여간 시켜만 주세요. 우리 지아만 반듯하게 클 수 있다면 저야 뭔들 못 도울까요.”

미성도 한 마디 했다.

“저는 공무원이라 돕지는 못하지만, 자주 사먹으러 올게요.”

개떡 남편이 머리를 넘기면서 뽐내듯 말했다.

“전 영업장 관리하던 사람이니 홀 관리와 계산대는 제가 맡죠.”

“어구, 고양이한테 생선을 맡기지. 그건 여기 없지만 은행원이었던 연경 씨가 해야죠.”

“아, 참내. 알았어요. 그럼 내가 뭘 하나? 재료 납품하는 거래처 관리와 배달은 좀 도울 수 있습니다그려.”

사람들의 웃음이 터져나왔다. 개떡 남편은 화를 내려다 어쩔 수 없다는 듯 고개를 살짝 숙였다.

왕년이모가 국씨 아재를 보며 물었다.

"아니, 사장님은 왜 말씀이 없으셔요. 솔직히 경자 언니를 가장 생각해주던 팬 아니셨어요? 소불고기덮밥 엄청 좋아하셨잖아요."

"내가 가장 늦게 말해도 될 것 같았소."

국씨 아재가 자신감 있게 말했다.

"내가 내 건물 1층에 자리를 하나 내줄 테니 맘껏 꾸려봐요."

왕년이모가 고개를 갸웃했다.

"아니, 거기는 건물도 무척 낡고 자리도 그냥 그래서 젊은 애들이 안 올 건데요?"

국씨 아재가 호통을 쳤다.

"예끼! 내가 전철역 앞에 건물 하나 더 있는 것 몰라요?"

참석자들이 다들 놀라 그를 보았다.

"거기 1층 자리 식당이 계약 기간이 좀 있으면 만료되는데, 거기 들어와요. 김경자 사장님이 손님 생각하는 마음을 내가 잘 아니, 아마 장사는 잘되겠죠."

개떡 남편이 활짝 웃으면서 말했다.

"자자, 이렇게 좋은 일로 오늘 모임이 마무리 되었으니 소주 원샷 시원하게 하고 헤어집시다."

좌중이 놀라 그를 보았다. 왕년이모가 말했다.

"여기 소주 없는데요."

"크하하, 나도 오랜만에 농담해봤어요. 나 이제 개 아범 돼서 술 안 마셔요. 걱정 말아요. 좀 있다 우리 애기 밥 줘야 됩니다. 이제 갑시다, 다들."

경자는 활짝 웃으면서 말했다.

"가기 전에 열무비빔국수 마저 드시고 가세요. 내가 담갔지만 정말 열무김치가 잘됐어요. 나 혼자 있을 때 만들어 먹던 거고 메뉴에는 안 넣었는데, 하하. 넘 새콤해서 몰래 먹으려고요. 이제는 메뉴에 포함시켜 볼게요. 자, 이제 정말로 마지막 새로운 메뉴를 공개합니다. 기다려주세요~."

경자는 주방으로 들어가면서 씩 웃어보였다. 참석자들은 모두 새로운 음식 맛을 기다리면서 얼굴에 미소를 띠었다.

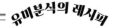

열무비빔국수

재료 : 소면, 당근, 오이, 달걀, 열무김치, 통깨, 고추장, 설탕, 식초,
　　　매실액 등

1. 달걀을 삶은 후 찬물에 담가 껍질을 까둡니다.

2. 오이, 당근을 채를 썰고 열무김치는 5센티 정도로 자릅니다.

3. 고추장과 설탕, 참기름, 식초, 매실액을 넣고 양념장을 만듭니다.

4. 팔팔 끓는 물에 소면을 넣고 삶아서 채반에 받쳐 물을 찌웁니다.

5. 소면에 양념장, 열무김치와 오이, 당근을 넣고 비빈 후에 삶은 달
　걀을 올리고 통깨를 뿌립니다.

열무비빔국수에 열무김치 국물을 조금 넣으면 더욱 풍미가 좋습
니다. 필자가 여름에 가장 즐겨 먹는 국수이기도 합니다.

09

집필 후기

이 작품은 유방암 수술을 마치고 항암과 방사선으로 힘든 치료를 이겨낼 때 집필한 작품입니다. 2023년 초봄에 북오션 출판사 대표님, 실장님과 장소 기반의 휴먼 힐링소설을 기획했습니다. 윤자영 작가도 참여했는데 윤자영 작가는 빵집을 기반으로 저는 분식집을 기반으로 쓰기로 기획을 했습니다. 이로써 윤자영 작가의 《라라 제빵소》 그리고 저의 《유미분식》이 탄생하게 된 것입니다.

분식집은 저에게 어릴 적부터 친근한 장소입니다. 어린 시절에는 엄마가 이끌고 간 곳이고, 중고등학교 시절에는 친구들과 자주 가서 끼니를 때우고 학원으로 독서실로 갔습니다.

다시마와 무가 들어간 매콤하고 달짝지근한 국물의 떡볶이는 지금도 감칠맛이 돌 것처럼 생생하게 기억납니다.

비탈길에 있는 허름한 건물의 1층에 있던 분식집 아주머니는 보글거리는 파마머리에 늘 차분한 얼굴로 손님을 맞이했습니다. 들리는 소문으로 아저씨가 안 계셨다는 거 같기도 했는데 분식집 벽에는 "실패의 잔은 쓰다." 같은 명언 문구들이 붙어 있었습니다. 어릴 적 그 분식집에서 먹던 맛은 수십 년 세월이 지난 지금도 여전히 떠오릅니다.

어릴 적 엄마가 해주던 밀가루 개떡은 항상 맛도 없고 모양도 안 예쁘다면서 푸념하면서 먹던 떡이었습니다. 엄마가 만든 갈색의 투박한 개떡은 퍽퍽하면서도 꾸덕꾸덕했는데, 지금은 쑥이 들어간 쑥개떡의 모양으로 떡집에서 팔고들 있지요. 하지만 엄마가 자주 해주던 개떡은 아무런 재료도 안 들어간 순수한 밀가루 떡이었습니다. 지금 와서 그 개떡을 먹고 싶다고 해도 살 데가 없습니다. 어릴 때는 개떡이 왜 그렇게 싫었는지 몰라도, 다 식으면 종종 손이 가서 입으로 가져가고는 했죠. 먹으면서도 별로다 생각했지만 요즘은 모두 추억의 맛, 그만큼 그리운 친정엄마의 손맛입니다. 아마 저희 엄마도 외할머니가 만들어주던 손맛이 그리워 스스로 만들던 게 아니었을까 생각이 듭니다.

어릴 적 오래도록 살던 낡은 단층집은 지금도 꿈에 종종 부모님과 함께 나옵니다. 그곳에서 먹었던 그 맛들이 지금에서야 생각이 나고 그리워집니다.

맛은 그만큼 과거 추억을 소환하는 가장 일등 공신입니다. 혀에 감도는 그 맛들은 우리의 유년시절을 떠올리게 하고, 그때 받았던 부모님의 사랑을 생각나게 합니다. 그리고 데이트를 할 때 먹었던 음식들이나 친구들과 먹었던 음식들이 열정 있고 가슴 벅차던 시절의 마음을 생각나게 합니다. 열심히 공부하던 때에 먹었던 음식은 지금도 힘들 때 찾게 되고 에너지를 솟게 만들어 줍니다.

그렇게 한국인들이 가장 친근하게 먹는 분식 요리들을 각자 여러 상황을 겪는 청장년을 통해 그들의 가장 치열하고 아름답고 가슴 아프던 시절에 생각나는 음식으로 설정해 집필했습니다. 이 글을 쓰면서도 예전 저의 소울 푸드들이 생각나고, 부모님, 형제나 친구들도 기억에 떠올랐습니다.

부디 이 소설을 읽는 독자분들께서도 달보드레한 과거를 떠올리고 잠시이나마 마음의 안식을 가지셨으면 하는 바람입니다.

평생 추리 작가로 소설을 집필했지만, 《흥미로운 사연을 찾는 무지개 무인 사진관》이나 이번 《유미분식》 같은 힐링소설을 쓰는 건 또 다른 매력으로 다가왔습니다. 각 장르의 장점이 있는데, 추리 소설은 미스터리에 치중하면서 주인공들이 사건과 범인을 찾아가는 과정에서 지적 유희와 사회정의 실현에 의미를 두고 글을 쓰게 됩니다.

힐링소설은 쓰는 내내 과거로 회귀하고 인생의 의미를 찾아가면서 마음의 안정을 추구하게 됩니다. 친한 학부모 한 분이 힐링소설은 읽다보면 '그러려고 쓰는 소설'이라고 하더군요. 사람들에게 희망을 주려고, 독자들에게 눈물과 함께 기쁨을 따뜻한 마음을 주려고, 다른 사람에게 나누어줄 사랑을 북돋게 해주려고, '그러려고 쓰는 소설' 같다고 합니다.

그러려고 쓰는 소설이 널리 널리 날아가 여러 독자분들에게 따스한 기억을 불러일으키고, 달콤하고 감미로운 맛으로 기억되기를 바랍니다.

《유미분식》은 이렇게 탄생했습니다. 제가 가장 어려운 시기에 가족들과 주변 친구들과 작가 선후배, 동네 언니들, 출판사 식구들의 격려에 힘입어 쓴 작품, 더욱 오래도록 제 글 인생에 남을 작품입니다. 읽어주신 독자분들께 깊은 감사를 드립니다.

2024년 봄,
김재희